复旦大学中文系作家班

创办 30 周年(1989—2019)纪念

复旦大学中文系高山流水文丛

顾问：陈思和　骆玉明　主编：陈引驰　梁永安

雪落心灵

舒　洁／著

复旦大学出版社

总序

　　"五四"新文学运动一百年来的历史证明：新文学之所以能够朝气蓬勃、所向披靡，为中国社会的进步和发展作出了那么大的贡献，一个很重要的原因，就是它始终与青年的热烈情怀紧密连在一起，青年人的热情、纯洁、勇敢、爱憎分明以及想象力，都为文学创作提供了丰厚的资源——我说的文学创作资源，并非是指创作的材料或者生活经验，而是指一种主体性因素，诸如创作热情、主观意志、爱憎态度以及对人生不那么世故的认知方法。心灵不单纯的人很难创造出真正感动人的艺术作品。青年学生在清洁的校园里获得了人生的理想和勇往直前的战斗热情，才能在走出校园以后，置身于举世滔滔的浑浊社会仍然保持一个战士的敏感心态，敢于对污秽的生存环境进行不妥协的批判和抗争。文学说到底是人类精神纯洁性的象征，文学的理想是人类追求进步、战胜黑暗的无数人生理想中最明亮的一部分。校园、青春、诗歌、梦以及笑与泪……都是新文学史构成的基石。

　　我这么说，并非认为文学可能在校园里呈现出最美好的样态，如果从文学发生学的角度来看，校园可能是为文学创作主体性的成长提供了最好的精神准备。在复旦大学百余年的历史中，有两个时期对文学史的贡献是不可忽略的：一个是在抗战时期的重庆北碚，大批青年诗人在胡风主编的《七月》上发表个性鲜明的诗歌，绿原、曾卓、邹荻帆、冀汸……形成了后来被称作"七月诗派"的核心力量；这个学校给予青年诗人们精神人格力量的凝聚与另外一个学校即西南联大对学生形成的现代诗歌风格的凝聚，构成了战时诗坛一对闪闪发光的双子星座。还有一个时期就是上世纪70年代后期，复旦大学中文系设立了文学创作与文学评论两个专业，直到1977年恢复高考的时候，依然是以这两个专业方向来进行招生，吸引了一大批怀着文学梦想的青年才俊进入复旦。当时校园里不仅产生了对文学史留下深刻印痕的"伤痕文学"，而且在复旦诗社、校园话剧以及学生文学社团的活动中培养了一批文学积极分子，他们离开校园后，都走上了极不平凡的人生道路，无论是人海浮沉，还是漂泊他乡异国，他们对文学理想的追求与实践，始终发挥着持久的正能量。74级的校友梁晓声，77级的校友卢新华、张锐、张胜友（已故）、王兆军、胡平、李辉等等，都是一时之选，直到新世纪还在孜孜履行文学的责任。他们严肃的人生道路与文学道路，与他们的前辈"七月诗派"的受难精神，正好构成不同历史背景的文学呼应。

接下来就可以说到复旦作家班的创办和建设了。上世纪八九十年代之交，复旦大学受教育部的委托，连续办了三届作家班。最初是从北京中国作协鲁迅文学院接手了第一届作家班的学员，正如《复旦大学中文系"高山流水"文丛》策划书所说的，当时学员们见证了历史的伤痛，感受了时代的沧桑，是在痛苦和反思的主体精神驱使下，步入体制化的文学教育殿堂，传承"五四"文学的薪火。当时骆玉明、梁永安和我都是青年教师，永安是作家班的具体创办者，我和玉明只担任了若干课程，还有杨竟人等很多老师都为作家班上过课。其实我觉得上什么课不太重要，我已经完全忘记了当初的讲课情况，学员们可能也忘了课堂所学的内容，但是师生之间某种若隐若现的精神联系始终存在着。永安、玉明他们与作家班学员的联系，可能比我要多一些；我在其间，只是为他们个别学员的创作写过一些推介文字。而学员们在以后的发展道路上,也多次回报母校,给中文系学科建设以帮助。

三十年过去了。今年是第一届作家班入校三十周年(1989—2019)。为了纪念,作家班学员与中文系一起策划了这套《文丛》,向母校展示他们毕业以后的创作实绩。虽然有煌煌十六册大书,仍然只是他们全部创作的一小部分。因为时间关系,我来不及细读这些出版在即的精美作品,但望着堆在书桌上一叠叠厚厚的清样,心中的感动还是油然而生。三十年对一个人的生命历程而言,不是一个短距离,他们用文字认真记录了自己的生命痕迹,脚印里渗透了浓浓的复旦精神。我想就此谈两点感动。

其一,三十年过去了,作家们几乎都踏踏实实地站在生活的前沿,在商品经济大潮的呼啸中,浮沉自有不同,但是他们都没有离开实在的中国社会生活,很多作家坚持在遥远的边远地区,有的在黑龙江、内蒙古和大西北写出了丰富的作品,有的活跃在广西、湖南等南方地区,他们的写作对当下文坛产生了强大的冲击力;即使出国在外的作家们,也没有为了生活而沉沦,不忘文学与梦想,是他们的基本生活态度。他们有些已经成为当代世界华文文学领域的优秀代表。老杜有诗:"同学少年多不贱,五陵衣马自轻肥。"这句话本来是指人生事业的亨达,而我想改其意而用之:我们所面对的复旦作家班高山流水般的文学成就,足以证明作家们的精神世界是何等的"轻裘肥马",独特而饱满。

其二,三十年过去了,当代文学的生态也发生了沧桑之变。上世纪90年代以来,文学已经从80年代的神坛上被请了下来,迅速走向边缘;紧接着新世纪的中国很快进入网络时代,各种新媒体文学应运而生,形式上更加靠拢通俗市场上的流行读物。这种文学的大趋势对"五四"新文学传统不能不构成严重挑战,对于文学如何保持足够的精神力量,也是一个重大考验。然而这套《文丛》的创作,无论是诗歌、散文还是小说,依然坚持了严肃的生活态度和文学道路。我读了其中的几部作品,知音之感久久缠盘在心间。我想引用已故的作家班学员东荡子（吴波）的一段遗言，祭作我们共同的文学理想：

> 人类的文明保护着人类，使人类少受各种压迫和折磨，人类就要不断创造文明，维护并完整文明，健康人类精神，不断消除人类的黑暗，寻求达到自身的完整性。它要抵抗或要消除的是人类生存环境中可能有的各种不利因素——它包括自然的、人为的身体和精神中纠缠的各种痛苦和灾难，他们都是人类的黑暗，人类必须与黑暗作斗争，这是人类文明的要求，也是人类精神的愿望。

我曾把这位天才诗人的文章念给一个朋友听，朋友听了以后发表感想，说这文章的意思有点重复，讲人类要消除黑暗，讲一遍就可以了，用不着反复来讲。我不同意他的观点，我说，讲一遍怎么够？人类面对那么多的黑暗现象，老的黑暗还没有消除，新的黑暗又接踵而来，人类只有不停地提醒自己，反复地记住要消除黑暗，与黑暗力量做斗争，至少也不要与黑暗同流合污，尤其是来自人类自身的黑暗，稍不小心，人类就会迷失理性，陷入自身的黑暗与愚昧之中。东荡子因为看到黑暗现象太多了，他才要反反复复地强调；只有心底如此透明的诗人，才会不甘同流合污，早早地离开了这个世界。

我之所以要引用并且推荐东荡子的话，是因为我在这段话里嗅出了我们的前辈校友"七月派"诗人中高贵的精神脉搏，也感受到梁晓声等校友们始终坚持的文学创作态度，由此我似乎看到了高山流水的精神渊源，希望这种源流能够在曲折和反复中倔强、坚定地奔腾下去，作为复旦校园对当今文坛的一种特殊的贡献。

复旦大学作家班的精神还在校园里蔓延。从2009年起，复旦大学中文系建立了全国第一个MFA的专业硕士学位点。到今年也已经有整整十届了，培养了一大批年轻的优秀写作人才。听说今年下半年，这个硕士点也要举办一系列的纪念活动。我想说的是，作家们的年龄可以越来越轻，我们所置身的时代生活也可以越来越新，但是作为新文学的理想及其精神源流，作为弥漫在复旦校园中的文学精神，则是不会改变也不应该改变，它将一如既往地发出战士的呐喊，为消除人类的黑暗作出自己的贡献。

写到这里，我的这篇序文似乎也可以结束了。但是我的情绪还远远没有平息下来，我想再抄录一段东荡子的诗，作为我与亲爱的作家班学员的共勉：

> 如果人类，人类真的能够学习野地里的植物
> 守住贞操、道德和为人的品格，即便是守住
> 一生的孤独，犹如植物
> 在寂寞地生长、开花、舞蹈于风雨中
> 当它死去，也不离开它的根本
> 它的果实却被酿成美酒，得到很好的储存
> 它的芳香飘到了千里之外，永不散去
> 停留在一切美的中心
> ——《停留在一切美的中心》

陈思和

2019年7月12日写于海上鱼焦了斋

目录

1月1日 / 001

归隐微尘 / 002

觊 / 003

18 / 004

选个时刻，到窗前看看 / 005

在开满了栀子花的山坡上，与你重逢 / 007

今夜，在柴达木盆地 / 009

奔向德令哈 / 010

德令哈：永恒之忆 / 012

德令哈 / 014

在柴达木深处 / 016

德令哈时间 / 017

德令哈：舞者 / 018

格尔木 / 019

在德令哈——写给南方的妹妹 / 021

德令哈预言 / 023

永去（一）——写给京京的祭诗 / 024

永去（二）——写给京京的祭诗 / 026

倾圮 / 028

第七日——写给京京的祭诗 / 029

廓然 / 031

觉者 / 032

一段云水 / 033

你啊——写给京京的祭诗 / 034

澹泊——纪念诗人骆一禾 / 036

德令哈：海子 / 038

一片柳荫 / 039

九行诗：花鸟岛圣境 / 040

花鸟岛秋歌　/ 041

花鸟岛 / 043

眼睛——写给京京的祭诗 / 044

四行诗 / 046

郊外 / 047

儿子（一）/ 048

窗外屋宇 / 049

圣灵 / 050

这一刻的人生 / 051

与你说 / 052

再次领受 / 053

感激夜晚 / 054

诺曼底 / 055

那一天，我们老啦 / 056

永去（三）——写给京京的祭诗 / 058

父亲 / 060

成都（一）/ 062

成都（二）/ 063

成都（三）/ 064

山海关 / 065

天地迥异 / 066

轻重 / 067

挥一下手，可能就是一生 / 068

恩赐的食物 / 069

菲德尔·卡斯特罗——纪念这位长者 / 070

遥远是远 / 071

蒙古 / 072

我的人间 / 073

今夜之叙——写给京京的祭诗 / 074

一脉——写给我的儿子 / 075

儿子（二）/ 076

圣辞——写给我的儿子 / 077

与天对视 / 078

近乡 / 079

又见白塔寺 / 080

曾为牧童 / 081

活在一句祝祷中 / 082

某一天 / 083

就是这样 / 084

关里关外 / 085

指纹与暗示 / 086

神绘 / 087

此时此刻 / 088

蒙古夜 / 089

那颗星 / 090

从一到九 / 091

不可否认 / 092

老哈河（一）/ 093

老哈河（二）/ 094

看一眼往昔 / 095

与谁说 / 096

水 / 097

德令哈：致敬 / 098

某个时代 / 099

开往蒙古的火车 / 100

兄弟姐妹 / 102

今夜平安 / 103

对一匹蒙古马的阅读 / 104

今夜：默 / 106

今夜：得 / 107

远方 / 108

在乌兰巴托 / 110

认识贡格尔 / 111

2017年 / 113

第二日夜 / 114

已知 / 115

第二日：九行 / 116

病中 / 117

旗帜与刀锋——为顾建平五十岁生日而作 / 118

同在雾霾下 / 120

京京，我的今夜 / 122

一字歌 / 124

超越超越 / 125

阳光与高原 / 126

去吧 / 127

隐于心 / 128

夜望蒙古 / 129

江山宠我 / 130

十二行：与你说 / 131

一半冰河一半水 / 132

橘红落日 / 133

十步内外 / 134

只要有黎明 / 135

接受 / 136

听吧 / 137

就这样认定 / 138

抵达 / 139

时间与传说 / 140

向一个身影致敬 / 141

午夜之光 / 142

苏武的羊群 / 144

独酌 / 145

我是爱你的 / 146

在南蒙古（一）/ 148

第一日（一）/ 149

第一日（二）/ 150

在南蒙古（二）/ 151

黄金山 / 152

第二日 / 153

在燕山余脉的臂弯里 / 154

夜记 / 155

在自己的时间里 / 156

我的时空 / 157

立春 / 158

河流之侧 / 159

在这里 / 160

自望 / 161

远歌 / 162

寂 / 163

旧时江山 / 164

遥望大梁 / 165

苍茫 / 166

八行 / 167

永驻（一）/ 168

清 / 169

应昌路 / 170

旗袍 / 171

梦 / 173

今天 / 174

天空 / 175

世界的婴儿 / 176

马 / 178

慈悲的力量 / 179

被风移动的花朵 / 180

与夜说 / 181

春天奔涌而至 / 182

奇异之旅 / 183

在时间的神秘中 / 185

人间 / 187

远去的契丹 / 188

彼岸 / 189

光影浮动 / 190

面对 / 191
活在世间 / 192
我 / 193
曲阜 / 195
一刻 / 196
大街上 / 197
光与影 / 198
3月4日夜：雨中合肥 / 199
史观 / 200
对你说 / 201
告诉世界 / 203
莅临 / 205
幻 / 206
远天远地 / 207
我的 / 208
无须呼唤 / 209
一切远去 / 210
信 / 211
某日 / 212
想起海子 / 213
身边的神 / 214
阳光与阴影 / 215
京京，又是春天了 / 216
写给怡泽的诗篇 / 218
你我的白云 / 219
宇宙的眼睛 / 220
上下 / 221
斯德哥尔摩 / 222

望去 / 223

在水晶吊灯下 / 224

我与你 / 225

一天 / 226

致敬（一）/ 227

爱在咫尺 / 228

长夜无语 / 230

早安！世界 / 232

仰望云空 / 234

我的蒙古之夜 / 235

沙果树下 / 237

又是立夏 / 238

逾越 / 240

晚安 / 241

第六日 / 242

错觉 / 243

经过淮河 / 244

2017年的合肥 / 246

星期五 / 247

今天 / 249

5.12：汶川 / 251

阅读者 / 253

星期六 / 254

在怀宁：写给思睿 / 255

写在查湾的诗——给海子 / 257

查湾某夜——再致海子 / 259

一羽如我——给海子 / 260

一杯绿茶中的宇宙 / 261

28日零时：泰山 / 263

泰山挑夫 / 264

泰山挑夫与安新的麦子 / 266

端午夜 / 268

圣祖诞辰 / 270

与后人说 / 271

永驻（二）——写在骆一禾墓前 / 273

无形穿越 / 275

山海关——致海子 / 276

再回 / 278

时光之侧 / 280

星际 / 281

时间 / 282

梦遇 / 283

正午的哲学 / 285

通往未来的下午 / 286

给 / 287

刺绣那面的倩影 / 289

安慰 / 290

入梦凉州 / 291

我的凉州 / 293

河西走廊 / 295

指纹下的山河 / 297

从凉州到楼兰 / 299

飞鸟投林 / 300

与友人说 / 301

把门打开 / 302

送信的人走了 / 303

不问山河 / 304

预言日 / 305

今夜书 / 307

梵音轻拂的山岗 / 309

蒙古男人 / 311

嵇康 / 313

暴雨之后——被遗忘的诗篇 / 314

青花棉布 / 316

星辰 / 317

诗篇 / 319

我理解高贵的静默 / 321

午夜诗 / 323

可以 / 324

舞者 / 325

神语 / 326

致敬(二) / 327

空 / 328

局限 / 329

纪念 / 330

婴儿车 / 331

今夜 / 333

北方:或十个太阳 / 334

阅读者:只有开始 / 335

查湾——写给海子的信 / 337

南昌——致诗人郭豫章 / 346

大墙之外 / 348

空与尘 / 349

人间 / 350

十二行（一） / 351

在时光沿岸 / 352

十二行（二） / 353

你不了解的蒙古 / 354

我们有北方 / 356

在我的年代 / 357

夜语 / 358

在高塔那边 / 359

广场 / 360

在吴桥 / 361

海子：路 / 362

面对落日 / 363

告别 / 364

敬重时间 / 365

接受不是领受 / 366

九月：我与故去的母亲 / 367

神与神子 / 368

感恩，在风的边缘 / 369

我的宁波 / 370

在长调之后 / 371

雪窦山 / 372

在雪窦山下 / 373

回顾：午夜的确认 / 374

在山谷湖畔 / 375

九行：风景无限 / 376

一个蒙古人的信仰 / 377

夜海，那边的凉州 / 378

九月三十日 / 379

信 / 380
闻风而动 / 382
曼德拉山 / 384
曼德拉山岩画群 / 386
巴丹吉林变奏 / 387
巴丹吉林之夜 / 388
额日布盖峡谷 / 390
阿拉善：时间辞 / 392
蒙古：血脉手足——致诗人阿古拉泰 / 394
乌库础鲁手印 / 396
乌库础鲁的心灵 / 398
巴丹吉林的星空 / 400
父亲——祭奠一颗仁慈的亡灵 / 402
九九归一 / 404
阿拉善：岩画中的蒙语 / 405
在西凉会盟遗址 / 407
巴丹吉林：夜曲 / 409
有一天 / 411
凉州别辞 / 413
凉州 / 415
泪光中的颂辞 / 416
正午的诗篇 / 418
远途之侧 / 420
抒情年代 / 421
今夜有你 / 423
关于微尘 / 425
少年八思巴 / 426
凉州以西 / 427

活一世 / 428
凉州：百塔寺上的夜空 / 429
在衡山想到恒河 / 431
南台寺之晨 / 432
我的风暴 / 434
在不老的时间里 / 436
梦中蒙古 / 438
远远近近 / 440
蒙古女孩阿茹娜 / 441
独酌夜色 / 442
再祭海子 / 443
没有可能 / 444
今夜，怀念京京 / 445
他乡梦遇 / 446
天晴五日 / 448
父母之邦 / 449
黄山诗 / 450
与贤者说（一）/ 452
与贤者说（二）/ 454
夜记：黄山词 / 455
岚 / 456
焚香之念 / 457
蒙古高原风 / 458
夜记 / 460
九行韵 / 461
对天地说 / 462
诗歌的安慰 / 463
一定是这样 / 464

我的抚摸 / 465

小雪 / 467

你听，或不听 / 468

风·旗帜·自由 / 469

思想者 / 470

请原谅：还是写了 / 471

夜中夜 / 472

骑者、盘羊与骆驼 / 473

众骑者 / 474

猎人、猎犬与羚羊 / 475

牵驼者、梅花鹿与羊 / 476

舞者 / 477

亲人们 / 478

岁末诗 / 480

昭乌达预言 / 482

在遗忘的曲线 / 484

丹墀 / 485

在一条绳索的尽头 / 486

五岁的年代——再念远在天国的父亲 / 488

父母的山河 / 490

父亲与我 / 491

致敬（三）/ 493

1月1日

并无预期，对这一天
比如阳光普照，或霾
或突兀的风雪将时间洞开

方式已被改变
仿佛被幽灵主宰。从遥远遥远的星际
传来音讯：来与不来，在与不在

生命都会老去，但死亡年轻着
死亡没有年龄，大地上的土也没有年龄
有一种答案始终在天外

1月1日，起始，结束，黑与白
暗示不远不近，岩岛隐于深海
一切，不好不坏

2016年1月1日，于合肥

归隐微尘

在一缕藏香中出现雪域之鹰
它那么小,小于疑惑

那很庞大
藏着宇宙,其间可见鹿,游蛇
甚至可见古朴的村落与皇宫的巍峨

但不见人
人群在另一个地方,比如街巷
殿堂,密室中的取舍

人
永远也不会承认自己是微尘
并隐于微尘,否认疼痛与飘落

2016年1月2日,于合肥

觐

当一切静下来
当过去的一年已成往事
我在淮河沿岸追寻古老的遗存

关于荼毒,真的不好形容
诗歌也是如此,信仰之塔不见根基
当然也就难觅金顶

需要觐
不仅仅是朝觐,是以你的心
尊重所有清澈的眼睛,还世界以安宁

2016年1月4日,于合肥

18

这一天对我的意义
让我联想到蛇与禁果,大概如此
我的父亲母亲,大概如此

你们大概如此
是存在差异,我在这一天降生
在这一天,祖地依然
日落后,我将你翻开首页,然后是另一页

没有谁告诉我大概如此
活过一年,然后又一年,酷暑苦寒
大概如此,亦如生死

2016年1月18日,于北京

选个时刻，到窗前看看

你会发现
另一个你就在那里
树木，街巷，飞翔天空的鸟儿
还有城市尽头的原野
都是你的近邻

选个时刻
到窗前看看，看看天空
总是年轻的云，一切默着的存在
没有任何力量能够禁锢你
除了你的心

你应该感觉
至少你要想象飞翔，你凝视远方
你知道很多人故去了
很多人还没有降生
仿佛一切都没有声音

选个时刻到窗前看看
看看不动声色的时间

以什么方式改变了我们
然后,你尝试与自我对话
复活小小的青春

2016年2月14日情人节

在开满了栀子花的山坡上,与你重逢

将你想象为透明的舞者
独自穿越雪季。你一定见过世间
最美的笑容,在你身后
万重河山收留人类

你懂得古老的相思
如何演变为化石,在特定的时刻闪耀色泽
像一缕地光被深埋十个世纪

梦里握住长夜的手
我这样告诉星宿,你是夏的女儿
你将雅致的春天给了河流
你不守候,你盼中秋

是神的纬度
与经度交叉,形成神秘的十字架
那是开满了栀子花的山坡
倾斜的光芒迎迓众神

哪怕相距十万里

那面山坡也是我们的圣地
相约奔赴,与你在栀子花海重逢
是的,是重逢,就如复制一个梦境

在开满了栀子花的山坡上
千古灵息随风舞蹈,我们的驿站
灵与肉的栖息地,没有斧凿之声
在上苍的注视中,我们是两个圣童

毫无疑问,你是我的舞者
我愿是你的一块青石,看你与蝶群幻化天地
我们重逢,为此感念前世
并为来世再划一条通向栀子花海的旅途

2016年6月13日晨,于北京

今夜,在柴达木盆地

我睡在群山之间
比水高一点,比云低一点

此刻的皎月与星海
是我的近邻

今夜,在柴达木
天空中飞着远古的马群

它们嘶鸣,在透明的时间之海
低头俯瞰人类,怀念昔日的主人

我青海的兄弟们
在酒歌里,对我们传达了久远的心情

我不能对夜空说人的语言
我仰望,在宇宙深处,有我的故乡

2016年7月19日夜,于柴达木盆地

奔向德令哈

今天
我将走进佛光普照的德令哈
我是时间之树上的叶子
我会飘落,我的母树会依然葱茏

为这个时刻
我已等了半生,我成长在
比河流更长的幻想里,德令哈
你是另一个蒙古,在一句箴言庇佑的海西
你距天空最近

不必参照鹰的高度
我尊重沉思,在时间的沉淀中
德令哈,你是更大的叶子
我可以感觉长风舞蹈
你的一切如此美丽

有一道门
德令哈,早晨,我已听到
微微开启的声音,我倾听你

你的再次轮回的七月
在默默唱诵一些什么样的人

      2016年7月20日晨，于柴达木盆地

德令哈：永恒之忆

德令哈
我来晚了！我的两个年轻的弟弟
已经走远

我来晚了！德令哈
这时，天上的语言和大地的语言
告诉我缅怀，对于我
比断指更疼痛

此刻
我在一个意念里，我的草原
如十三世纪，如一个年轻的牧羊女
等待自己的情人
后来，她老了
她的情人已经死在归乡的路途
他的泪线，成为我的诗歌的道路

德令哈
我相信血液的红色里有我的翅膀
向着灿烂的天光飞翔

不说忧伤

德令哈
今夜,我来了,已经很晚
我的写诗的弟弟
两个笃信真理与前方的人啊
过早地走了!德令哈
我是来还愿的!为我的两个诗人弟弟
我愿以家族最高贵的礼仪
对你,德令哈
献上我的泪滴

            2016年7月20日夜,于德令哈

德令哈

德令哈
柴达木的圣婴，已经出落成
绝美的女子

德令哈
你出生于十三世纪，有一匹马
至今驮着你的琴声

德令哈
你的兄长名叫祁连，它护着你
你在它的臂弯里，在金色的梦中

德令哈
蓝天是你的嫁衣，夜晚灿烂的星群
是你的配饰

德令哈
你让我在风中找到一条道路
沿途铺满纯粹的黄金

德令哈
大疆静谧,那是你的领地
你还有一个美丽的妹妹,她叫可可西里

2016年7月21日,于德令哈

在柴达木深处

正午
天空深蓝,那是没有一丝云的大寂
面对雅丹地貌群,那些冢
神所主导的燃烧早已凝固

曾经朝向天空
曾经的火蛇彼此追逐,在水中
它们巨大的倒影扭曲着
像遥远的诅咒

雅丹
多么美丽!在柴达木深处
蓝湖,上苍之泪遗落大地
在炎热的包围中
我想到恋人温润的臂弯
里面睡着一个预言

雅丹地貌群
那些冢,它们的切面与斜面
静默着,那是我永远也无法读懂的时间

2016年7月22日正午,于柴达木盆地深处

德令哈时间

古树不会对你说离去的时间
时间也不会。在青藏高原东北部
德令哈畅饮圣水
时间在柏山之顶
是山脊牵着的湛蓝

时间
过耳而去的声音,开着的野花
在越来越高的地方
那些黑色大鸟
低飞于沟壑

德令哈
今天,我迷失在你金色的时间里
在柏山怀抱
感觉迷醉与飘摇

2016 年 7 月 22 日傍晚,于德令哈

德令哈：舞者

幸亏还有这种呼唤
哪怕追寻三千年，只要草绿
你的舞者就有天空

黑翅，白翅，红翅
德令哈，他们穿越时空而来
我所看见的天鹅那么美丽
是的，有些忧伤
我能看见的花朵开在河流沿岸
只有一种语言
从未改变

今夜
德令哈，你的舞者将往昔唤醒
他们相信最终的挽留和拯救
我看见幕落
时间在青藏高原上闪耀一下
翅羽振动一下
仰望满天星光
无人说天涯

2016年7月22日深夜，于德令哈

格尔木

我的凌晨与梦境无关
东西宁，北敦煌，南拉萨
我的河流密集的土地心愿未了
十三世纪的大马群
已经奔入琴声深处

格尔木
在一缕青烟中，某个年代
将所有的花朵还给原野
将美丽还给少女
将一切还给时间
雪神，将风与真相
还给大江源头

我将神秘还给柴达木
将金色还给德令哈
将所有的奇异，还给高原盐湖

格尔木
此刻，我守着你的凌晨

感觉某种莅临就是告别
微光中的指纹中
飞着星云

2016年7月24日凌晨，于格尔木

在德令哈
——写给南方的妹妹

你要知道
这一天，是什么在推动你上升
你的高度，已经超过南方的云
但低于感动

这一天
江河在你的故乡奔流
你在江河源头，在德令哈
你几乎触到圣泉，如果这样
你手指的温度就会顺流而下
对于故乡，这是你的口信
而你的身影，在群山之间
已经成为时间的记忆

你要知道
一切活着的，像柏树那样
一切伸向天空的，都有气息
在德令哈，如果你把自己交给原野
你就是花朵，你有自己的名字

是的,没有疑问
你有自由的风

这一天
在德令哈,在一脉源流近旁
你是行走的故乡
有一种凝望
不在天上

2016年7月24日,于格尔木

德令哈预言

有一种鸟儿
比人类更熟悉那里的山峰

有一种树木
比人类更懂得什么是不朽

有一种怀想
一半在天空,一半在地上

有一种岁月
目光伴流水,泪光伴悲伤

2016年7月24日,于格尔木机场

永去（一）
——写给京京的祭诗

你一定想对我们说些什么
今日，山海关外有雨
我在关内，我与你之间隔着一道门

你十四岁
你曾经熟悉的世界
是我们！你不懂更多的人类

京京，今天
你在雨中永去，你所选择的早晨
大雨倾泻，冲刷你留在世间的蹄痕

你曾经那么信任我们
我们与你，是命与命的联系
这也是始终

十四年
你曾经那么小，小于新奇
你跟随我们走了很远的路

今天
在世间,你的道路戛然而止
你永去

你安睡于山林
你不再痛楚,你将痛楚留给了我们
一些爱你的人

京京
如果我们拥有你的忠诚
我们就会获得安宁与幸福

永去
京京,在最后的时刻
你望着我们,那是最后的恳求

此刻
我不说来世,我说未来的日子
你永去!再也不会发出声音

京京,此刻
我在关内,你在关外,你永去
我们之间隔着永恒之门

2016年8月31日爱犬京京离世,以此纪念

永去（二）
——写给京京的祭诗

我知道
你在三尺之外，就如三万里
你已与神灵在一起

我知道
我可以放下重，但无法放下轻
梦里寻你六万里，寻你明亮的眼睛

我知道
此刻，我能看见的云阵，那种白
在蓝色的安宁中，让你隐入深处

我知道
你懂我们的语言，十四年
我们就是你的人间

我知道
京京，在你最后的回望里
九月降临，你离去，选择了雨的清晨

我知道
此刻，你依然望我，在云端之上
此刻，飞过窗前的鸽群，也没有声音

       2016年9月5日正午，于北京

倾圮

一羽翅膀，喙，流泪的眼睛
从不说风。那些山峦
黛色蜿蜒至遥远的海滨

有人说：就从这里开始吧
剪断天涯，海峡
把最后的抚摸留给孤岛

越来越高
这回归之路，每一个瞬间都在燃烧
手持马头琴的人，沿途找寻消失的部落

我曾停留贺兰山下
在那里，我精神的父亲
亦如蜃景，但感觉疼痛

2016年9月5日傍晚，于北京

第七日
——写给京京的祭诗

我这样数着
是第七个清晨,我的秋天一派寂然
京京,我不知道你走到了哪里
可我相信,你在轮回的途中
必将重返归家的路

现在
在我面对的远空,云已清淡
京京,你的旧物还在原处
像一种等待,在第七日
停在你永去的时刻

我们与你
都在不可感知的飞行中,不会改变轨迹
京京,你轮回归家的路也不会改变
不错,你依然走在前头
我跟在后面

这种飞行充满神赐与感动

充盈永恒的风!这就是怀念
京京,我知道你为什么离去
我知道,那一天,你的选择
是一个诞生日,你的世界草绿花红

2016年9月6日晨,于北京

廓然

我无法道出云的阶梯
错落,穿行,无比广大的自由
在光与暗中起落

飞舞,神秘与摩擦
不仅仅是人类的记忆,多种可能
让年轻的身体痴迷火焰
那是你的,也是我的祖国

某种声音,它从高处传开
你大概会想到铜铃
孤独与悲苦。但是,你一定
忽视了高原银河
在遥远之地,那些花儿
以怎样的美丽点缀宇宙

我的黑骏马
至今在十一世纪的伊金霍洛活着
它刚刚三岁!它年轻吧?
它的嘶鸣,已经成为凝固的雪线

2016年9月7日正午,于北京

觉者

从草原神山上的一叶草尖算起
在传说中的第九层
觉者的内心突然敞开

是不断向上
这接近梦,在梦里飞,一个少年
说着非常古老的语言

觉者说
像我一样,你们敞开心灵
就能看见云上之塔,与闪光的金顶

仰望啊
觉者说,不可忘却脚下的真相
还有生你养你念你的故乡

2016年9月9日午后,于北京

一段云水

我不记得他的名字
占卜者,我曾经的神秘和恐惧
活在另一片山河

年轻的心!
一段云水,灵与精美的肉体
在光明中舞蹈,黑暗软如棉絮

一段云水
柳,所有充满活力的物证
不一定从黎明出发,都指向黄昏

请不要遗忘天空!
它不在你的视野里,它在你的血液中
它是你的福。有时候,它也是你的痛

2016年9月10日晨,于北京

你啊
——写给京京的祭诗

后来我问风
马铃薯离开土地,它痛
葡萄离开枝蔓,它痛
你啊,你离开,我痛

你曾经那么胆小
所以你叫!你啊
曾经那么小,小于问号

十四年
你走在一条旧路
你寻着气息,你嗅着
你抖动,你停留
你在我所无觉的时刻
让阳光停留在你的背上

你的外观那么美
每一种色彩,对称的结构
你明亮的双眼

为何总是充满不安与忧伤

十四年
在每一个古老的节日
甚至在雨雪中
你总会走在我的前面
有时你会回头,你看见我
然后接着前行

京京
你啊,你带走了我往日的时间
与等待。你啊
你带走了我的期盼
从此,我再也不能触摸你的温暖

2016年9月13日深夜,于北京

澹泊
——纪念诗人骆一禾

面对木纹中的佛
突然感念遥远的诗人。这个午后
他的大海、岩岛、飞行
他年轻深刻的心灵
已被尘埃覆盖

在甘家口
复活的时间
缓慢走向北三环中路
之后,我看见树上的麻雀飞
炫目的玻璃幕墙上,出现一些暗影

不能不说你的手势
阅读往昔诗歌,你神色依旧
你我之间一定隔着梦
那是安睡的时间,像铺展在地上的旗帜
是的,这无法逾越
只有死亡能够释解死亡的本质

总有一些痛不可说
这让我想到遥远,向着地平线奔跑
前方依然是地平线

大海
你的天涯仍在起伏
我们活着,总在重复一些旧路

2016年9月19日午后,于北京

德令哈：海子

我曾在你故乡的淮河畔
仰望金色，那是遥远的光芒
那是我的蒙古，你的德令哈
我的蒙古以博大之怀
接受你年轻的致意，还有你的悲伤

后来
在德令哈
我接受你的抉择，我曾在雨中送你
在淮河与德令哈之间，在山海关

在一切可能中
在德令哈，我选择沉默
海子，对你，我什么也没有说

2016年9月20日晨，于北京

一片柳荫

它是不会移动的
如果阳光不动,如果你的目光不动

如果河水干涸,黄牛不知去向
村庄又向沙海接近了一步

那么,有谁会联想黄牛生死
年老孤独的柳,树下的人,某个黄昏

有一种破碎藏在完整里
那是一些圣婴,尚未降生

2016年9月22日,于北京

九行诗：花鸟岛圣境

我看见一只水鸟
飞过你的秋天，它比桅杆高一些
比天光低一些

它绝对超越人的理想
但无法超越你的圣境
你的秋天的歌声，在海岛之间自由穿行

你的圣境啊
在不朽的时间里，在海中
在博大的气息里，不说永恒

2016年9月24日夜，于舟山嵊泗花鸟岛

花鸟岛秋歌

在嵊泗之北
轻触海水,你就会触到梵音
你应该是寻梦者
你倚着真实

东海有龙
它在大隐中飞了万年,可能更久
花鸟岛,我更心仪于你的另一个名字
那是另一重天水中的安慰:雾岛

这是可以入怀的美丽
如果你在俗世里渴望飞
那就毅然启程!请到花鸟岛来
请在纯粹的水光天光里洗尽疲惫
请你在一块岩石上坐下来
请听海的声音,雾的羽翼
鸥鸟的低语;请你确认浩荡的蔚蓝
以怎样的形态亲吻天际

远方的人啊

请你在我的秋歌里寻找花鸟岛
请你上路，向东南而来
奔向水做的妹妹
此刻，她已梳妆
她面向你
倚着门扉

            2016年9月26日晨，于舟山定海

花鸟岛

山河不是我的,也不是你的
正如时间,在东海花鸟岛
也不是风的

花鸟岛日出
水洗的太阳那么干净,那么红
在蓝红之间,花鸟岛慢慢醒来

我能看到的巨轮,或渔舟
就如水墨,那真的是一点一滴
幻化涂染,古老的心事也在其中

后来,我是说正午与黄昏
光在途中,道路在途中,人在途中
海浪击岸,花鸟岛,在安宁的静处

2016年9月26日夜,于宁波

眼睛

——写给京京的祭诗

我回来
回到你曾经的家园,是夜晚
我坐在窗前树下
感觉到处都有你的眼睛

感觉你在近旁踱步,或奔跑
感觉你停下来,你回头望着我
此刻,感觉你的眼睛
这活着的见证

已经没你,如此空落
我坐在窗前树下,幻听你的叫声
面对夜海,我寻找你的眼睛
我真的丢失了一种光明

不知你走了多远
在群山中,京京,你是否孤独
像此刻的我
寻找你的眼睛

最后
我得知，在最后的时刻
你没有闭上眼睛
我感觉疼与痛

必须接受吗？
我需要击碎失去你的沉寂
如果可能，如果我能分开夜暗
京京，我就会看到你明亮的眼睛

2016年10月2日夜，于丹东鸭绿江畔

四行诗

鼎盛辉煌的王朝
被泪光照耀

绝美的王妃
在泪光中微笑

2016年10月4日，于丹东鸭绿江畔

郊外

曾经在此地想象过明天
是三十年前,鸟儿在林间追着绿荫

今日,正午的云,让我忆起一些人
像那些树木,消失在时间与纵深

2016年10月5日,于丹东

儿子(一)

我不会对你说远大的生活
今后也不会,你要感觉恩赐与幸福

这是我们的路,关于某种起伏
如何影响了我们的心灵,比如马嘶与秋诉

2016年10月6日,于丹东

窗外屋宇

你应该在那里,在光里
伏在石缝中的温暖,就如水流

那是另一种灵动
异在近旁,但寂静无声

2016年10月8日正午,于丹东鸭绿江畔

圣灵

在光洁额头的一点鲜红里
在云隙。此刻,我面对午后无限的安宁
感觉存在与莅临

在太阳和月亮之间
在夜晚,你可能会发现星光雨
此刻,我遥念海岸,一袭黑裙
或一袭白裙,如何迎向轻柔的海风

在梦境,一再重现的巧合
怎样改变我们的心灵?你不必说暗示
此刻,江山万里,但臣服一粒尘埃

在群山那边
在秘境。此刻,我能感觉一只手
它洁净着,然后轻轻握住一颗菩提

2016年10月12日正午,于北京

这一刻的人生

我再次听到破碎的声音
我可以证明一个被精心修剪的午夜
暴雨折断血的玫瑰

可以确认
这一刻,有人安坐云端,就像圣女
可我不知道她是谁

2016年10月14日,于北京

与你说

在所有的可能中，我选择一种
握住风，至少握住一只手
轻轻暗示苦难与自由

如果能够飞，我依然不会远离人类
他们活在大地上，爱着
常常痛彻心扉

2016年10月14日，于北京

再次领受

一切,不是我能抉择的
生,亲近母乳,食物与水
除了母亲,第一次亲近一个女子

第一次被晚霞征服震撼
那是山脊上空的光,深蓝中的血红
那一天,我背对故乡

我从不怀疑仁慈的手
它存在于空中,那是一种不朽的示意
在午夜觅食的银狐,却忍着悲痛

一天,然后又是一天
这不是我能决定的,一些人
感觉另一些人,为什么如此陌生

2016年10月14日,于北京

感激夜晚

夜静下来,让我也静下来
十万里禅定,山河未定,唯有一颗心

在这必然的途中
一些花儿开啦,谢啦
一些人,如何不能令我们释怀

梵音,湛蓝的光
在所谓天上,究竟有多少太阳

我听着,曾经在岸边洗菜的少女
如今已为人妻人母
她记着回家的路

现在,此刻,我的山河
在黑暗里浓缩为一点
像婴儿的眸子,也如旧时的爱情
在夜海上闪动

2016年10月14日夜,于北京

诺曼底

我的耳边响着缠绵哀伤的音乐
年轻的士兵告别年轻的爱情
他们在枪林弹雨里冲锋
鲜血染红海滩

黎明之前的枪声那么冰冷
孩子们！惊恐的孩子们
在枪声中失去父亲
强盗践踏青草地

诺曼底
诗史的起始,每一朵浪花
都是你的意象,这无须修饰
年轻的士兵,倒在红海滩

过去了这么多年
诺曼底,我所听到的音乐
这无词的音乐,在今夜复活
诺曼底,正如先驱者,成为永恒之歌

2016年10月15日夜,于北京

那一天，我们老啦

如果有一天
在某个晚上，我坐在床沿看着你
我的年轻的亲人
如果我问你是谁，你不要惊愕
请你相信，我是将你视为光明的
是被我遗忘的一部分

如果有一天
在我的回忆中，你看到我已衰老
我坐在床沿，像一个孩子
你不要恐惧，请你相信
在必然的途中，我会突然记起你
我的年轻的亲人

如果有一天
在你们身边，我只关注眼前的食物
你们饮酒，偶尔看一看我
请相信，我依然爱你们
往昔的一切可能在午夜唤醒
那时，你们都已睡熟

如果有一天
年老的我仍然保持洁净
那是我对生活的热爱与眷恋
我的年轻的亲人们
你们要相信，我在为你们祈福
你们啊！一定要走好自己的路

如果有一天
我已不能表达，像一座沉默的钟
走走停停，那时
我就真的老啦
我的年轻的亲人，我会伸出一只手
抖动着，指向一个去处

        2016年10月19日，于北京

永去(三)
——写给京京的祭诗

我在阳光下喊了你一声
京京,我看见路面明亮一下
你的足迹就闪现一下

昨夜
我在黑暗中想起你的眼睛
那么专注;你蹲着,双耳竖起
这是你倾听的方式,你的世界
是我永远的未知

京京
我是说,你曾经的等待那么单纯
你依恋我们,你恐惧离开我们
你只能注视,在黄昏门内
或面对窗外

是冬天了
我再回关外,在你长大并离去的地方
我仍然难以接受你永眠的事实

京京，可我必须接受
我的永恒的山脉
小小的山脉，是你
京京，这真的难以逾越

2016年11月13日，于丹东鸭绿江畔

父亲

父亲
你的后人即将举行婚礼
我带他来看望你,你在土里听着
他在心里说着,这是你们祖孙的秘密

父亲
你成为伟岸群山中小小的一点
我们称之为墓园
你的即将举行婚礼的后人
已经确认精神的领地

父亲
还能畅饮一杯吗?还能
再一次叫他的乳名吗
我在你们之间保持沉默
我可以证明一种大爱,父亲
可是,如今,我不知你已走到哪里

父亲
如果怀念拥有双翅,那一定很重

如果恰遇风雨，你的后人走在异乡
你会成为他梦中的旗帜
那是依托，就如大地

2016年11月14日夜，于丹东

成都（一）

从追踪蜀国的一匹驿马开始
我确认通往成都的道路

在一樽酒中，我的成都光影浮动
王朝更替，从女子服饰的变幻开始

成都，都江堰，水声水动
在一万年苍云之下，水的成都仍是新婴

2016年11月23日，于成都

成都（二）

蜀国的马车已经停歇
马在吃草，人在猜测马的语言

蜀道难，神女站立峰峦何止千年
心与心，不隔天

总会到成都，宽窄巷子，窄与宽
一个火锅沸腾万年，成都，你很温暖

2016年11月23日，于成都

成都（三）

成于那些豪饮的人，写诗的人
在丝帛上绣月的人，恋归的人

成于血脉一样的水系，疏浚的人
在火锅边品尽山河的人，弃剑的人

成于都，成都，成于万涓汇流
向上隆起的土，成于尘埃落定的道路

2016年11月24日，于成都双流机场

山海关

伸向海里的城,长城
挡不住,也围不住悲痛

一个叫孟姜的女子
曾经哭墙,彻底遗忘那时的天空

伟大的王朝,宛如从天上扑来
原来那是一个男婴,在此地降生

2016年11月25日正午,于京沈高速山海关服务区

天地迥异

你能看到的色彩,蔬菜都有
不仅在地上,也在天上

你能看到的马,拉车的,耕田的
供人玩赏的,都不属于高原
那是一些灵异
决定一个帝国的命运
它们卸下征鞍,汗就弃了王冠

你能看到的女子,身旁的,远方的
她们都不属于营盘
或者这样说,我所说的女子
她们不叫恋人,更不叫爱人
我们叫她们额吉,姐妹
十万里疆场沉寂,沉寂之后
就说如今吧,她们仍是花儿
开放在羊群后面

2016年11月25日夜,于北京

轻重

搬开石头,你问草痛不痛
仰望天空,你问云轻不轻

我的十三世纪的蒙古大马群
驮着滚滚雷鸣

2016年11月25日夜,于北京

挥一下手,可能就是一生

眼帘后面的世界里活着小小的亲人
你闭上眼睛就能发现他们

你闭上眼,与这个世界告别一次
就如亲吻神秘的圣境

之后,你对尝尽一切的心灵说
真是辛苦啦!挥一下手,可能就是一生

2016年11月26日,于北京

恩赐的食物

这一世你吃多少,天地知道
你不知道挥汗如雨的牛
也有一家老小

你不知道最古老的歌谣
来自狩猎者,他们箭射鹿,还有虎
后来有了庄稼,麦子金黄,玉米精妙

北方一季稻,南方两季稻
你不知道土地的疲惫,你活着
阳光一针一线,炊烟一飘一绕

        2016年11月26日,于北京

菲德尔·卡斯特罗
——纪念这位长者

我喜爱你的胡须
这拉丁美洲最性感的火

我不愿称你为英雄,因为你就是
你亦如我的邻家老伯,一个革命者

最后的时刻,你动人的胡须
居然让我联想,仿佛轻轻点燃了美国

2016年11月26日,于北京

遥远是远

别说遥远,你永远
走不出地平线;你走不出火焰
映照的河山

即使你幻想是帆
也走不出海平线;码头
永远也走不出海岸
你的忧伤或幸福的心
走不出瞬间一念;你的掌纹
永远也走不出指尖

2016年11月26日夜,于北京

蒙古

你是没有边缘的,你的身躯
在六月的雪线下,你的目光
也没有边缘。像一种久远的抚摸
你遍地的青草,牛羊与风

你的不朽的倾吐,乌兰巴托
夜晚的灯光与爱情;你在北方以北
你是没有边缘的,每天每天
我都仰视你很红很高的黎明

2016年11月27日,于北京

我的人间

苍云三万里,风动心静
我在人间,珍重咫尺亲情

星河十万里,神异浩荡
我在水边,一句一句默诵亲爱的语言

宇宙百万里,仍是风的故乡
我在今夜,感觉亲人与光芒

2016年11月27日夜,于北京

今夜之叙
——写给京京的祭诗

我是想带着你游历山河的
可你太小,你大于卑微

如今你绝对大于我的悲戚
而我,小于你的瞳仁

只要见到绿草,我就忆念你的舞步
你高于草坪,曾经低于我的注视

你没有在世间留下小小的坟茔
就这样,京京,我仍在寻找你的身影

2016年11月27日夜,于北京

一脉
——写给我的儿子

不说源流,我说你
三十年,以十年为一节好吗
你比三节稍高一些
我比六节稍低一些

若纵向而望,你越来越像我的边疆
而我,终将成为你的营地
比如你说:我回来
我就知道在哪里等你

不说细节,我说你
说在我记忆的河流上,你依然是
那个戏水的少年,在蒙古高原
我依然是你平安的夜晚

若横向而望,你越来越像我的臂弯
而我,终将依托你的存在
比如我说:我等你
你就知道告诉我归期

2016年11月28日,于北京

儿子（二）

我年轻的岛屿
你要确认某一种时间

在海浪与海岸上飞
然后，在所谓远方

你告诉蔚蓝的海水，你在陆地
热爱永恒的人类

2016年11月28日深夜，于北京

圣辞
——写给我的儿子

我听过你们的圣辞：托付一生
那一时刻，我看着你们的眼睛
一切，已被见证

这个冬天如此温暖
我在神秘河畔，你们在彼岸
光在水上，花开灯前

圣辞，屋宇，酒
你们牵手，这不需要理由
不说星海，天高地厚

2016年11月29日晚，于北京

与天对视

与天对视,与阳光
成为血脉相连的近邻,与我的身影
行走大地,与心说:珍重万里
但始于一瞬

与天对视,我是它
永恒的一部分,很小很小的一部分
作为人,我知十万里不远
相遇不语而过,咫尺不近

与天对视,现在
我的亲人们!你们将声音
留在特定的时间里;这一刻
我独自感觉,无所不在的神

2016 年 11 月 30 日,于北京

近乡

我嗅到馨香,它飘自一针草
逸出光明的窗子;我几乎触摸到
故乡的肌肤,它最美的纹理就是河流

我感觉炊烟袅袅的傍晚
这让我神往水墨一样的境地
一些人,正在古柳下歇息

我幻听往昔,我的儿子处在少年
他跟着我,向一个高地无言接近
今夜,我依稀听到他奔跑的声音

2016年11月30日夜晚,于北京

又见白塔寺

那些工匠回到尼泊尔
在马哈卡利河边回望一座大山
关于元朝,他们只记得白塔
那洁净的色泽与恩泽

每一天,我们都会面对珠穆朗玛
这恒久的祈福与长叹
昨夜,我和远来的朋友途经白塔寺
只见满城灯火,不见天涯落霞

2016年12月2日,于北京

曾为牧童

我的羊群散落在草原上
其中一只望着我，羔羊望着母羊

不能忘怀它慈悲的双眼
它目光中的云与天，还有远山

另外九万九千九百九十九只羊
行走十万里高原，即将穿越冬寒

2016年12月3日，于北京

活在一句祝祷中

我可以证明老哈河明亮过
后来枯了,像我的一个亲人
突然故去了

我可以肯定永恒之源
就是一滴洁白的奶水;后来
它可能催生你的泪

我可以这么说:生命是红
活在一句祝祷中,它包容万物
对于我,它是如此温暖的亲情

2016年12月3日,于北京中关村皇冠假日酒店

某一天

在我们适应的那部分
生活之路贯穿其中,这是时间
就如一套衣服上细密的针线
有时会刺痛记忆里的童年

总会有人永别这个空间
到另一个空间,那是忧伤的一天
肃穆,安宁。我们不知道是什么
正在莅临,但清楚是什么正在走远

2016年12月3日,于北京

就是这样

捧住一片雪花
我就看见融化的翅膀

听长风歌唱
我就相信北方有故乡

就是这样
万涓入海,路在路上

2016年12月4日,于北京

关里关外

不止一关
你可以想象
万重山外玫瑰花开,少女情怀

你只能想象
有多少人交错而过
关内白鸽,不知栖落谁家阳台

风雨层叠
密集的心不问未来
在与不在,关里关外,不落尘埃

2016年12月5日,于北京

指纹与暗示

抚摸你
这无关夜色与曙色
我的指尖,在如此的移动中
轻触你的山河

我圆形的指纹,对于你
就像轮回一样,每一圈里
都有绽放的玫瑰,夜,被逼退

你可以感觉这是席卷
我所携带的风,变为彼此的呼吸
而我的指纹,仿佛从山脚开始
直至峰峦。你会说
真好啊!这小小炙热的太阳
将杂芜焚尽
只留身心

抚摸你
此刻,我的细密的指纹
最后移向你湖一样波动的眼神

2016年12月10日,于赤峰

神绘

我们在水雾那边
神在这边,在有序和安宁中
神守护藤蔓与花朵

需要一个梦,需要澄湛
需要一个神女在水边梳妆
需要水中的倒影
让梦中的人类
感觉伟大与卑微

在这永恒的背景下
人类醒来,确认天地依赖
就如殷红的血
从来就未曾断绝

2016年12月10日,于赤峰

此时此刻

我又一次想起远去的契丹
酒后的蒙古高原,在林东
这个季节的雪没有掩住山门
一座石屋,如此孤单

2016年12月11日,于赤峰

蒙古夜

行啊
在这样的黑夜,我的神
在河的对岸点燃火,雪落
我的儿子,在异国海滨
面对水的蓝色

2016年12月11日,于赤峰

那颗星

那颗星在我们头顶
像鲜红的太阳,光芒
飞往五个方向

那颗星照耀我们的青春
我们年轻的边陲与海滨
我们的夜与晨

那颗星在我们头顶
那时候,我们也渴望爱情
渴望亲近年轻的异性

2016年12月12日零时,于赤峰

从一到九

第一片雪到第九片雪
第九个怀念日
到一个节日

这是蒙古的冬天
第一匹马到第九匹马
之间隔着永恒山崖

2016年12月12日夜，于赤峰

不可否认

你不能否认一次远行
也不能无视阵痛
每一季,十万只天鹅
从达里诺尔起飞,它们迁徙
地球也在迁徙途中

永恒的生命
让我们感觉轻与重
不说泪雨,浴火重生

2016年12月13日,于赤峰

老哈河(一)

天上的圣水飘落人间
让一位新娘有了
水一样美的姓名

群山
从此成为慈父的象征
后来,北方诞生了上京

2016年12月14日,于赤峰

老哈河(二)

看不到你的头
还有你的尾,你的岁月的水
一定是苍天的泪
滋润这一方人类

恒河落霞的光
伏在母象的背
一直向北,牧人微醉

2016年12月14日,于赤峰

看一眼往昔

没有看见希望发现的发现
月正当头,没有看见那个身影
夜色那么远,覆盖深渊

没有看见举起酒杯的人
侧耳倾听,谁在默念
谁在酒后遗忘了酒中的语言

2016年12月15日夜,于赤峰

与谁说

我对你们说的江山没有树木
那是玉一般的舒展
细腻,透着气息

随处都是边缘
我所热爱的江山没有鸟群
只有我,徜徉无尽

2016年12月16日,于赤峰

水

每一滴都是永别
你不理解水的疼痛
遥念世间江河湖海
一滴水,或一滴泪
辉映的黎明

每一滴都曾干净
在浑浊的涌动中
我仰望夜空

2016年12月17日深夜,于赤峰

德令哈：致敬

我幻听某种声音
细微的，真切的，有些隐秘
德令哈，在这尘世
我们甚至不知一粒尘土会飘向哪里
或归隐哪里

德令哈
我能听到古老的语言
在一棵树上是新枝
在溪流中是一滴水
对充满感激与悲伤的心灵
是一滴泪

但是，德令哈
我还是要致敬，不是对一切
是对奇迹般鲜活的生命
在尊严中开放的花朵
对淡淡的馨香
我致敬！然后
我就感念一生

2016年12月18日夜，于赤峰

某个时代

一首古诗已失踪很久
一首宋词飘落瓜洲古渡头
敬奉新诗的孤者
否认山河依旧

我承认破碎
不是一切,是本来安宁的心
在永无尽头的路途
放弃了寻求

2016年12月21日,于北京

开往蒙古的火车

是旧时了
开往蒙古的火车经过辽西
可以想见,机车炉火正旺
蓝色车厢一节接着一节
车内旅人疲惫
一些人在沉睡

站台
然后又是站台,人们上下
携着包裹

有时
车厢过道上挤满了人
有人离乡,有人归乡
同属苍茫

那时
我也是计算抵达时间的人
车过老哈河,我感觉它顿了一下
仿佛向上爬了一下

就到蒙古

那时
我年幼的儿子跟随我
他记住了回返祖地的路

      2016年12月22日，于北京

兄弟姐妹

这些名词正在消失
但不会变为化石
这些名词曾经血脉相连
像一棵大树的根系
也如涓流依着大河

或者说
这些无限亲切的名词
是树上的果实
是两棵树相拥
一棵叫父亲
一棵叫母亲

这些消失的名词
将会成为后人
最深的疑惑与问询

2016年12月23日，于北京

今夜平安

尘缘尘世十万里,与谁说
雪飘雨落,风吹草木雁鸣空中
心念一点红

怀想多情江山,与谁醉
摇曳花蕾,万涓溪流不言相送
今夜伴神明

2016年12月24日夜,于北京

对一匹蒙古马的阅读

不一定从它的双眼开始
可以选择它的尾部
你一定会看见最美的夕阳

是金色
摇动着,那是一条道路
通过它的脊背
你会看见隐约的元朝

当然
你不会忽视马头前方的山脉与雪
而它的形态
我是说无论它悠闲吃草
还是奋蹄疾飞
都会使琴声骤起
像一些花儿
开了又谢

最后
它会停下,它会看着你

让你成为朋友
或它的另类

关于对一匹蒙古马的阅读
你只能想到飞
但遗忘边陲

      2016年12月26日夜，于北京

今夜：默

我记得彗星之尾
是的，没有那么明亮
它最后的飞翔
没有什么值得忧伤

在高山之顶
仿佛站立庞大的人群
活在平原上的人们
等待收获救命的苞谷

农家马车已经归来
在亮起灯火的城市
一个家庭围坐一处
长者谈起临近的节日

没有什么能够改变
明天，新的阳光与水
我记得彗星之尾，它消失了
也就消失了！真的无关人类

2016年12月26日夜，于北京

今夜：得

我仰慕先锋者与他们的勋章
美丽的人！在替换
服装的时节，向阳光之父
展示神秘的胎记

今夜
在楚辞和宋词的故国
我幻听河流之母，向前方的午夜
问询大雪的佳期

2016年12月27日夜，于北京

远方

如今我囿于燕山之怀
三十年,成为自己的等待

远方啊
我的边疆,如血一样
长驰的路,一个牧人的雪线
地平线,饮酒的夜晚
西风托举广大的哀愁

我的金顶在阳光下
这心灵与目光永恒的敬奉
源自祖语。逐渐向上
我的曾经年轻的理想
伴着离乡

即使如此
我们,真实的人
属于火把、牧歌与传说的人
在异乡的大城
也从未遗忘刀锋

现在
大城正午降临,我在默处
我远方的边疆
如何在梦境幻化为异性之怀
并让我持久感动

     2016年12月28日正午,于北京

在乌兰巴托

激越的
创造荣誉的岁月
从一根琴弦跳到另一根琴弦

贡格尔
祖源之地,一条河
一座圣山,一隅废弃的宫殿

十个牧童说同一种语言
在乌兰巴托,有人歌唱
道路尽失的雪原

第十二月
岁末,我在灯下独饮
在乌兰巴托,我梦见万山红遍

2016年12月29日零时,于北京

认识贡格尔

我对贡格尔草原的认识
不是始于我的牧场
而是母亲的家族

跌宕的,有些
模糊的往事,就如雪
有时飘飞,有时融去

我的兄弟们
曾与我走过这条路
是一个圆,像轮回
那时我们都很年轻
崇敬珍贵的爱情

贡格尔
会在每年七月让我回归
我的感觉是,我在重读一部旧书
有一些人在里面睡着
另一些人醒着
还有一些人走出书外

在草原上矗立为岩石
或流淌为水

我对贡格尔草原的认识
属于几只羔羊
已经丢失

2016年12月29日夜，于北京

2017年

在背靠燕山的这个地方
今晨,我看不见燕山
2017年,第一日
我也没有看见阳光

在霾中
在阴沉的阻隔中
我们彼此祝福

会的
一定会有人在阳光和蓝天下
用心想一想我们
我不否认,此刻
我们,犹如深陷毒海
我们渴望蓝天和阳光
感觉如此奢侈

在这里活着,死去
已经无人想到差异

2017年1月1日,于北京

第二日夜

黑暗,不是一层一层的
是一滴一粒的,但不是堆积
黑暗悬浮着,形态接近乌云
但不会那样翻涌

午夜
或午夜后
我所亲近的真理是一线光
是划过天宇的闪电
在更多的时候,它是
穿越黑暗的鸟群

我所亲近的真理远离人类的语言
它保持寂静
如大殿的飞檐
迎接风

在黑暗中
我倾听充满尊严的寂静
原来也有回声

2017年1月2日零时后,于北京

已知

已知
走向下一步一定是未知

已知
明天早晨未必可见红日

已知
一切写就的未必是真实

已知
有些被掩盖的未必已死

2017年1月2日晨，于北京

第二日：九行

三度关山
七度雪，故人说别
十度雨幕独自穿越

红尘诗文
月下夜，武士悲咽
万里之外静空飞鹊

心隔沧海
亡者阙，旧日残缺
遥念一瞬梵音如约

2017年1月2日午后，于北京

病中

这个时候
上苍怜你,也在剥夺你的尊严

一棵树倒下
我在移动一片高大的树林
在深灰色建筑的窗口
闪现妇人的脸庞

这是梦
我昏睡不醒,我背着那片树林
从西边走到东边

西边,东边
这应该是睡与醒的距离
我不知道,在这个过程里
究竟有多少人
再也没有醒来

2017年1月4日晨,于北京

旗帜与刀锋
——为顾建平五十岁生日而作

兄弟
我无法将净空给你
因为那不是我的。我与你
都无法唤回往昔蔚蓝

兄弟
在雾霾之下,我能感觉
隐藏的刀锋,那不是隐喻
在缺失的道德中,我们相信手足
风与泥土

兄弟
第五十年,这是你的旗帜
你舞它就舞,你静它就静
当然,你痛,它就痛

兄弟
而我,在这个日子
只能将这首诗歌给你

如一个驿手,从遥远的边陲
为你送达平安的音讯

兄弟
然后,我们会举起透明的酒杯
为一个夜晚祈福
那个时刻,一定会有很多人
说起前方的路
一切,并不如初

2017年1月5日建平生日前夜,于北京

同在雾霾下

连小草都在哭泣
我们,美丽的,丑陋的
都是雾霾的奴隶

这是多么厚重的阻隔
孩子们!在我的诗中
我恐惧将你们形容为花朵

这凝滞不散的幽灵
在雪的季节不见雪
东山不见红日
西山不见落霞
节日亡失佳音

已经没有尊贵
只有屈服,但绝非臣服
年轻的,年老的心灵
如一座一座陷落的城堡
随处可见窒息与废墟

如果非要说幻想
那就幻想神的赐予吧
幻想宽阔洁净的河流
幻想捧起来就饮的湖水
幻想清晨,阳光逸入窗内
窗外的一切就如典雅的宋朝

但是
因为连神的赐予都已成为幻想
我就不再相信梦
同在雾霾下
我只能直面魇

连树木都在泣泪
如果再不选择
你就无处逃离

      2017年1月6日,于雾霾中的北京

京京，我的今夜

京京
今夜，你的眼睛照亮我的世界
你的眼睛的光芒
像箭镞一样穿透霾

京京
又快到节日了！但
我已经痛失你
你的未来
就是我的未来

京京
多么渴望
将一片红色挂在你的脖颈
那是祝福啊！那是
你和我共同的生

京京
如此想你念你
此刻，你在水边

你在林地
你在我的梦里
与我同呼吸

2017年1月6日夜，于北京

一字歌

一匹孤狼奔过山野
一支突发的响箭
一片浮动的鲜红的草

一位武士卸下铠甲
一个少女凝望窗外雪飘
一声惊呼：我的最后的秦朝

2017年1月7日夜，于北京

超越超越

超越地平线的人是我
超越我的是诉说
超越诉说的是火

超越火的是星河
超越星河的是宇宙花朵
超越花朵的是风,轻轻拂过

2017年1月8日夜,于北京

阳光与高原

可以肯定
你们,从未读懂我的高原
你们来了,你们走了
西拉木伦河谷不为所动

你们不懂
我的蒙古为什么被牧歌照耀
你们从未读懂这样的诗史
激越、忧伤、辽远、蓝而血红
那些沉默的人
仿佛在天上牧白云

你们,盲行者
从不肯承认,心灵之恨
会多么深重地伤及灵魂

2017年1月12日晨,于北京

去吧

你应该去那里
在金山岭以北,花谢后的美丽
是遍地苍雪,那无比远大的静

你应该去那里
用最质朴的语言
歌唱遥远的爱情。然后
请你眺望短暂的一生

2017年1月13日,于北京

隐于心

面对河流,我听不到水声
它隐伏烟尘
我隐于心

北方!再一次想念父亲
我在冰河之侧
不见牧人羊群

2017年1月14日,于北京

夜望蒙古

顺着冰河
我就能抵达更宽阔的水域
那一定是更陌生的异乡

我不是寻找宝藏的人
无须破解千年隐秘
沉船，岩洞，沙漠中的残城
这一切，远不及血脉与情

我是一个在神秘中长大的牧童
只有北方高原
才能让我一生动容

2017年1月14日夜，于北京

江山宠我

我有自己的江山
你们不要联想辽阔
正如我有自己的祖国

我的江山没有地平线
但有隐约的灯火,那是照耀
我的驰骋,依托永恒的光泽

2017年1月15日,于北京

十二行：与你说

当我的一只手
在一月的风中触到雪的语言
我的另一只手
正在解读寒冷与温暖

而我的双眼
在阴山以西寻找一匹蒙古马
时光飞逝八百年
它未曾奔离我的草原

我的族系入地
我的琴声入天
我的一个又一个夜晚
在燕山以南，常常无言无眠

2017年1月15日夜，于北京

一半冰河一半水

不见一半月
浓雾中的北宋守望运河

我深知这不是同一脉源流
今晨,一半冰河,一半水
仿佛还有半滴泪

阳光去了哪里?
北方十省,何处有大泽?

再次想象光明的缝隙
今晨,一半冰河,一半水
一半鬼魅,一半人类

2017年1月16日晨,于雾霾中的北京

橘红落日

对我而言,这个时刻
你就挂在树上
但你不是人类的凝望

你更接近古老的心情
比如离乡思乡
或诗歌中永恒的光芒

或一匹马象征的王族
难觅寂寞边疆
只有心,如大湖荡漾

2017年1月16日夜,于北京

十步内外

就这样
在十步之外,十步之内
是你的往事
你若回头,前方也有十步之外
你的身后依然如故

你已知的一切都在十步之内
未知在十步之外
天地初开

2017年1月17日凌晨,于北京

只要有黎明

我从未寻找通往圣地的港口
我已熟读马的腾跃
还有青草,玉米,谷子
它们风中的絮语

我从未告诉英武的儿子
关于救赎,通常与此生无关
那是感觉我们的心灵
抵达珍贵的静处

我从未丧失
比如在诗歌中,在一个
不朽的示意中,我的一切
如此热爱新的黎明

2017年1月18日夜,于北京

接受

面对一块石头,我读群山
面对一滴雨水,我读苍天
面对异旅我读故乡之路
面对寒冷我读火焰

寂静
寂静不一定是寂静的近邻
还有森林,轰鸣的树冠
松塔与鸟巢,久远与瞬间

2017年1月19日夜,于北京

听吧

听吧!太阳红了
遥远的雪白了

听吧!珠穆朗玛
举着浩荡的风

听吧!活着的,故去的
那些美丽的眼睛

2017 年 1 月 20 日,于北京

就这样认定

实际上
黑夜，就是一片黑色的叶子
它摇动于宇宙的树上
我们永无脱离摇篮的可能

实际上
生命，包括自大的人类
就是走一遭，但是
永无脱离飘摇的可能

实际上
我的全部的想象都臣服色彩
包括血，我身上的血
永无脱离灵与肉的可能

2017年1月21日离京前夜，于北京

抵达

不是这一片
是那一片阳光抵达旧城

王,日出,山河
年轻的王妃素颜以对
绝对的静默

抵达
早已不见北宋的马车

2017年1月22日,于北京至丹东高铁上

时间与传说

传说：那匹良驹来自罗马
它的主人不是恺撒

传说：乌兰巴托的晚霞
在蒙古高原幻化为血与红花

传说：史上最美的女子
在时间之岸，拒绝出嫁

2017年1月22日，于北京至丹东高铁上

向一个身影致敬

萍泊天涯的默者
在一行古词中寻找芳踪
他背向帝国
无视陨落

这无比美丽的世界
萍飘蓬转！谁是谁的地平线
默者遥指芳林入晚
浪拥海岸

2017年1月22日，于北京至丹东高铁上

午夜之光

我追忆在真理的巨钟下
我是一个迷恋玩耍的孩子
我与空中鸟群,脚下泥土青草
身侧河流,构成一种景致
多年之后,在乌兰巴托之秋
我仍幻听巨钟轰鸣

从来就没有改变
关于纯洁,少年的想象
我的五月高原的雪
在有序的时间里抵御无序
以此证明:活着的,远去的
都献给了美丽的时间
可能忽视了悔恨

今夜
我尝试复活一些花朵
敞开寒风的大门回返春夏
让美丽的美丽,温润的温润
让相爱的相爱!我

感受真理的巨钟
像父亲一样注视
掩藏艰难的泪水

2017年1月22日夜，于丹东鸭绿江畔

苏武的羊群

在贝加尔湖湖底
苏武的羊群已经摆脱杀戮
它们的主人去无踪影

苏武的羊群体毛洁白
像一种誓言！它们集体
行进在贝加尔湖湖底
就像在寻找什么
它们已经远离浮尘

苏武的羊群眼睛明亮
那么多移动的星星！那么多
但却无法照耀
人间的任何一条道路

2017年1月23日夜，于丹东鸭绿江畔

独酌

我没有酒
只有夜色,饮一丝光会醉
冬天,这个时刻
如果听到鸟啼
会醒

敢问苍茫大地的心
此刻谁在独坐,除了我
还有谁独饮夜色

谁能告诉我想象中的高原
归期未定
或错过

夜色如火
其实,这不必说
就这样独酌

2017年1月23日深夜,于丹东鸭绿江畔

我是爱你的

我常分辨风之后的语言
比如雨,闪电雷鸣,彩虹
比如雪,起伏大地,夜空
我是爱你的!以我的凝视
我的卑微

走过自然山河,是的
走过其中的一部分
这是我的人生,亦是命定
我是爱你的!以我的追寻
我的敬奉

我从不会否认某种停滞
那就是等待吧?我相信时间
它所包容的万物存在启迪
我是爱你的!以我的感觉
我的虔诚

风之后的语言
包括青草,马嘶,云涌

不错,一定包括感激的泪水
我是爱你的!以我的贴近
我的相随

2017年1月24日零时,于丹东鸭绿江畔

在南蒙古（一）

没有等待什么
也未曾送走什么。这夜
这醒着的人群，静着的原野

我和我的诗歌在迁徙中
在无人朝觐的圣地
在此刻

我远离节日的喧闹与灯火
我守着初衷，不知有什么
正在莅临

怀想北方群山
松林，白桦林，榆树林
还有雪，一切

我的蒙古高原的星空
一如昔年
安宁灿烂

2017年1月28日零时后，于赤峰

第一日(一)

任万山红遍
你们倾听随处歌声
我只珍重一点红
哪怕充满不能诉说的悲痛

2017年1月28日,于赤峰

第一日（二）

不必告诉世界
要告诉心：我在这里
在幸福与哀愁中
确认岩浆一样的真理
永远不可战胜

是的
我相信时间，这绝对的真理
真相，是一个慢慢成长的圣婴

2017年1月28日，于赤峰

在南蒙古（二）

近在咫尺
这无可描述的隐伏
南蒙古，午夜，大寂与苍穹

多么渴望触摸循环的水
温暖，细密，流动的灵异

我接受道路的恩宠
从前，未来，还有更久
总有一团火，燃烧在黑暗尽头

2017年1月29日零时，于赤峰

黄金山

是在雪峰的围困里
黄金山曾被传说为古老的火焰
那不可涉足
根本就没有通达之路

仿佛在最高处
风，光明，神迹与星语
在黄金山顶
连鸟群都不会起落
更不会有美丽的树木

传说
生前仁厚的逝者会相聚那里
谁也没有说明
那是怎样的圣途

2017年1月29日凌晨，于赤峰

第二日

可以越过冰的光洁
你的目光要关注雪,那飞
在有些斑驳的视线中
无限古老的时间流着
在冰的这边
还有那边

在中国北方必然的冬季
休憩的农田被人忽视
脱离根系的草闪耀金黄
干草也飞着,就如失忆的人
寻找故乡

可以越过冰峰之顶
仰望没有群鸟的天空
可能有云,可能没有
可能,在一切可能中
存在疼痛

2017年1月29日夜,于赤峰

在燕山余脉的臂弯里

我亲近金黄
在燕山余脉的臂弯里
立春之前的草
就如成熟的麦子
草针闪亮

抬眼望去就是老哈河
但不见流水,也不见雪
只有满目金黄

草,土地,梦中的老虎
风中黄色的大旗
就如我,在少年冬夜
渴望火光

2017年1月30日正午,于赤峰

夜记

我不会在诗歌里寻找真理
真理就在诗歌中
在每一行之间,你都会
看到光明,就如呼吸

就如
我可以感觉到你的存在
这与距离无关
你几乎就是全部

2017年1月31日零时,于赤峰

在自己的时间里

我们活在无尽的疑问里
在咫尺之遥
所谓去处

只能服从你的心
如果感觉隔着泪水之幕
或飞雪凝固,夜色如初
在自己的时间中
已经没有什么起舞

那么
就崇敬安宁吧
庄重臣服

2017年2月1日深夜,于赤峰

我的时空

汴梁不是我的
也不是北宋的,汴梁
饮黄河水长大,是汉家女
永远的故乡

我在马上
有时我在弦上,我在
肯特山与阿尔山之间的草原
等待信使,不忘牧羊

2017年2月3日,于丹东

立春

此刻
你可以无视冰峰之顶
在所谓最高处
有无鸟群

今日
你可以无视春度玉门
在此刻的人间
是否有神

但是
你要跟随自由的光影
在今夜的风里
无愧灵魂

2017年2月3日夜，于丹东鸭绿江畔

河流之侧

就如掠过上京的马背
像风,像一阵疾雨

像大地突然被绿草覆盖
某个严冬,刚刚抵达天际

我的诗史和奇迹
跟随契丹,消失在西域

2017年2月4日深夜,于丹东鸭绿江畔

在这里

在信仰之树的最高处
泪水在飞

心匍匐大地
躲避越来越陌生的同类

2017年2月6日晨，于丹东鸭绿江畔

自望

我是可以放下的
比如山河,有些沉重的记忆
如果不见鸟飞
如果所有的日子
都深陷寂静

我是可以微笑的
因为血流!我能够识别
最古老的道路
哪怕所有的日子
都不见花束

2017年2月6日午后,于丹东鸭绿江畔

远歌

一点,一滴,夜浪
在没有岸的远方,歌唱

大凉山的星空,神的故乡
火把下美丽的彝族姑娘

2017年2月6日夜,于丹东鸭绿江畔

寂

年轻的手
永远无法触到岁月的枝头

不是没有声音,是没有音讯
五千年短暂,隐于河流

2017年2月7日晚,于丹东鸭绿江畔

旧时江山

江山苦,那些人更苦
那些仁厚的人,在夜晚和早晨
将泪水献给离散
无视王冠与宫殿

在永恒的记忆里
他们寻找亲人,见证雪落边关
江山无言,他们无言
曾经年轻的心,从未熄灭火焰

2017年2月9日,于北京

遥望大梁

从大梁的都城出发
到燕山以南,被放逐者
沿途喂养亲爱的马

一个少女站在河边
她面对卸下铠甲的父兄
微笑着,背对遥远的落霞

2017年2月9日,于北京

苍茫

时间不会永远拖着尘埃
没有没有一个人的边疆

在一首古歌的尾音
不见隋唐最后的帝王

2017年2月10日，于北京

八行

河的子民,在泥土的屋宇中
种子在壳的屋宇中
十个王朝远去
在时间的屋宇中

在指缝般的空隙里
记忆的屋宇没有坍塌
那里风雨穿行
还有悲痛

2017年2月10日,于北京

永驻（一）

剪去一段，你补上一段
这不是江山，是谎言

你剪不断记忆的根须
你剪不断水，还有沧海桑田

2017年2月12日，于北京

清

一个族群留下服饰
丢失了语言

一个族群问鼎中原
在民国以前

2017年2月12日，于北京

应昌路

有一丝呼吸
就能感觉浩荡的风,就在这里

最后的辉煌,是骑马牧羊
弘吉剌部封地,最终归属天际

2017年2月12日夜,于北京

旗袍

让所有傲慢的男人
在这曼妙的曲线中安静下来
让他们的眼神变得专注
像一个真实的人
当然包括我

我所痴迷的含蓄的美丽
在一剪、一针、一线里
这无穷无尽的魅惑
实际上不可说

让所有的女人变得高贵
在这曼妙的曲线中随风舞蹈
让你们的目光柔情似水
像岸边婉约的柳
当然包括你

你所投入的寄托的光阴
在一点、一滴、一瞬里
这一生一世的热爱

实际上不可说

岁月
有时是火
有时是河
有时,是对源头的追忆
有荆棘,但勿忘遍地花朵

2017年2月12日夜,于北京

梦

翅膀是白的,雪是黑的
夜显露蓝,有人在灯下穿红衣

山脊淡紫,山腰鹅黄
有人在青石上磨镰,不见绿草

橙子熟了
邻家的汉家女,在泪光中嫁了

2017年2月13日夜,于北京

今天

浪花破碎,风不会说疼痛
依然是这河,日升月落

群山与海岸护着广大的平原
心护着一隅,感觉相拥而眠

从指尖到指尖
这个宇宙,如此亲切和遥远

2017年2月14日情人节,于北京

天空

我读不懂天,读不懂空
我在地上幻听雁鸣

在仅有一寸祈求的人间
我寻找消失的眼睛

2017年2月14日情人节,于北京

世界的婴儿

如果这个世界存在另一边
我们永远也无法抵达
那就等着

我会等着
在上苍的注视下,我将永远是一个婴儿
我等着,等大雪飘落,等一个人
带着我缓慢长大

他是父亲
这个把我带到人间的人,如今
已经深埋黄土
我甚至已经遗忘了他的面容

但是
总有另一种声音提示我:你是
属于道路的!你
是你的地平线
那个你,也在等你

那就等着
等麦浪翻涌到天边,然后回返
润泽你的今天

2017年2月14日,于北京法华寺

马

马的形象从未改变
它们疾飞嘶鸣,安静吃草
它们生子,清晨饮水
夜晚望星照

马没有主人
包括王者,所谓英雄
守城的人与攻城的人
一万年,甚至更久,马就是燃烧

2017年2月15日,于北京

慈悲的力量

两只草原雏雕
在雕巢之侧,扭头凝望天空
秋天的落日又大又红

静,饥饿,风
回归的母雕带着食物
此刻的蒙古高原,慈悲生动

你能想象的动
在一声一声悲鸣中
你将在岩石上看到它的身影

2017年2月16日,于北京

被风移动的花朵

肯定有杜鹃、栀子、百合
但不会有红雪莲

有空中云朵,隐约的传说
当年旌旗,早已垂落

2017年2月16日,于返回赤峰途中

与夜说

我感觉冶炼
我看见光荣在此刻徐徐上升

你让我联想时间的语言
零点之后,有什么在近旁改变

或在远方,被思念者
飞翔的火,将什么真实洞穿

2017年2月19日零时,于赤峰

春天奔涌而至

在老哈河一侧
大雪停了。今夜此刻
我听见雨水的声音
我听见飞鸟穿越清风的声音
之后,玫瑰色的阳光
照耀蒙古高原
照耀一个少女
她赶着羊群,她成为
这个春天的一部分
让我退隐到时间深处
在那里追寻
像少女一样美丽的母亲

2017年2月22日夜,于赤峰

奇异之旅

如果推开窗子就能看见田野
梦一样的河流
透过记忆看见雪山
山下的蓝湖
那个总能刺痛时间的人

如果天空晴朗
我们注视白云想象星辰
然后，低头确认尘埃与卑微
这个世界就会少一些谎言和罪恶
少女和孩子们
就会拥有笑容与安宁

这是曾经的生活
麦子熟了，接着杏子熟了
乡路上的人群赶往集镇
他们不会远去异乡
在亲切的乡音里
他们守着传统和质朴

如果你的梦中出现一匹马
等你醒来，就毅然上路吧
回到你遥远的家
忘却天涯

2017年2月24日夜，于北京

在时间的神秘中

我隐隐地感觉那些青草
它们即将再次复活
这神的意志和奇迹

实际上
在冬天午夜的酷寒中
在中国北方高原,干草的馨香
从未被风斩断
这让我联想火,牧歌
迷恋烈酒的男人
他们的坐骑

这一切如此有序
立春之后就是雨水,惊蛰
这是多么动人的词语
而那些草,草所传达的信息
不可觅源头

再说领受
我的内心充盈感动

我们在其间,在时间的神秘中
相伴走过程

2017年2月24日深夜,于北京

人间

你是你自己的歌声
不必在意是否有谁倾听

但是,在同一棵树下
我们不应成为彼此的阴影

2017年2月24日深夜,于北京

远去的契丹

祖州已无金戈铁马
空留石屋与广大的寂静

还有这样的云,牵着中亚
随处可闻西拉木伦河的歌声

2017 年 2 月 25 日,于北京

彼岸

活在神的意念中
没有更遥远的彼岸，只有时间

从加尔各答到乌兰巴托
你会记住恒河，最高的雪山

到蒙古高原，遍地草舞
送一匹枣红马，去贝加尔湖畔

2017年2月26日，于北京

光影浮动

领受无须抉择,就如面对
鲜红的落日,枝杈切割的天空

就如午夜之后,你独坐灯前
听风语阵阵,不知谁在此刻降临

2017年2月27日夜,于北京

面对

我是不会丢掉的,一些记忆
随阳光升腾的想象

无限感激古老的心情,史籍
随星光飘落的神谕

感谢遥远亲近的人,雨和云
雁阵,鹰巢,无所不在的激励

2017年2月27日夜,于北京

活在世间

那是一羽微动,通常在天上
有时是你近旁的风

那是生命冷与热的泪水
有时是你透彻的痛

那是不可触摸的祈祷
焚一炷香,送昨日远行

2017年2月28日,于北京

我

我是拥有过的,不是
万里河山,是一根青草
苦恋的高原

我仰望透明的心智
这无关高低,我所崇敬的鹰族
在牧歌和奶香里
浓缩了远山和雪
包括那些不会尘封的记忆

我相信血的铭言
会永远保持孩子般的童真
谁也无法改变

在更多的时候
我是一个寻找珍宝的少年
所谓天地,是远方山峰
托举的云,我的时间
在永恒的神秘中
融入颂诗,但是

我不会粉饰痛楚

当然
我是失去过的,我为此沉默
我知道一切就活在原初
我沉默,这是我深信不疑的理由

2017年3月1日,于北京

曲阜

一部《论语》，三千弟子
圣碑残缺不全，终离散

长空无雨，泗水无言
孤独马车走远，余悲叹

传说向北，苍云向南
齐鲁大地三月，望燕山

        2017年3月2日，于曲阜服务区

一刻

就一刻,不是此刻,不是
所有的道路,都在等马车

就一刻,怀想昨日山河
寻找自由的人,从容不迫

2017年3月2日,于合肥安徽饭店

大街上

你是否关注过,那些
灵一样的汽车?这个时代
是什么改变了什么

只要你选择一个角度或方向
你就会发现逆行,人,汽车
你还可以感觉风

车里的人,车外的人
奔驰者与散步者,所谓生活
忙碌与闲适,在对应中臣服时间

你总会听到一些消息
在每一时刻,你都在穿越被穿越
这没有始终,这样的驱使也没有色泽

2017年3月3日,于合肥

光与影

你在光中,你所认识的黑暗
也在光中,那不是一切
只有主宰与被主宰

黑暗的阻隔在时间中粉碎
你听不到声音
关于羽翼,人类的所有命题
都没有脱离飞

我与你
在两片叶子之间可能有三种感觉
或者,面对同一棵树
你看树冠上的鸟巢
我看阴影

2017年3月3日夜,于合肥

3月4日夜：雨中合肥

在这样的夜晚我守着自己的旅程
此刻合肥有雨
我的万重河山有梦

我的伊兰塔在遥远的北地
感觉就是我的灯火
这相隔的雨幕，时间，静和词语
感觉一双手非常洁净
让我感叹自由

行走着
我的世界在莫名的相思中成长
我看见南方的春天
嫩绿的麦子，柳
看见河流，一些城镇
一些人

此刻在合肥
我尝试与自己对话，这样的静
为何充满隐痛

2017年3月4日深夜，于合肥

史观

行至西拉木伦河中游
智者与一个帝国同时隐没

鲜红的落日又大又圆
告别曾经的辽国

深秋,在巴林左旗上空
没有出现美丽的天鹅

2017年3月6日,于合肥

对你说

你可能听到了,可能没有
你可能正在分辨
在尘世不歇的喧嚣中
那种声音是羽翼穿过风
是一片嫩绿的柳叶落向流水
是一片白云,飘过你的头顶

那可能是最后一星火
熄灭于灰烬
是牧羊人的歌声,朝家门接近

这不仅是人类的世界
你听星群,被照耀的万物
你想啊!究竟是什么
总在轻唤沉睡麻木的心灵
你看身边动物的眼睛
那么清澈,那么美
但隐含疑虑与恐惧

我请你倾听

面对世界，远方的，近旁的
一切让我们感动的依存
你甚至可以倾听恋人的手
那是距你最近的证明
柔软，可信，坚定
那是你的另一个故乡
温润，神秘，充满
永生的暗示与激情

那可能是一直吸引我的东西
我是说声音
雏燕呢喃，五月飘雪
远方群山铺满橘黄
而你，可能在分辨之后
首先选择洗净双手
然后，你告诉忧愁
你有一个孪生的亲人
它叫自由

2017年3月6日，于合肥

告诉世界

作为一个古老帝国的后人
我的肌肤就是疆土
我被牧歌催生
在严酷的高原之冬认识火
在阴山之尾,我初读河流的语言

然后
我重返隐忍的族群
在一首凄婉的马头琴曲中
我感觉一切复活
远途,生与死,荣誉
我发现高贵的血脉里有一个天空
鹰那么孤独
年轻的骑手那么英俊
牧羊女那么美丽

不必寻觅
到处都是源头,因为
在蒙古高原,到处都有母亲
她们,我永生永世的圣地

托起血脉的天空

我从不否认苦痛
羊的眼睛,马的眼睛,鹿的眼睛
与牧羊之父的双眼
构成蒙古高原
最为生动的景观
而女人们坚毅守望的双眼
属于永恒的营地
对于我,那就是家园
是我,一个蒙古后人
必须深深敬畏的圣殿

2017年3月7日,于合肥

莅临

时辰到了!它与原野无关
它指向心灵,或点燃或熄灭的火

时辰到了!无须倾听
它已莅临,这无关过程和因果

2017年3月9日,于北京

幻

一骑独行,向西
冰雪尚未融化之地

马尾轻扫夕阳下的赵国
年轻的预言,已经抵达西域

2017年3月11日,于北京

远天远地

在这个叫德州的地方
我短暂的停滞不同于坐骑歇息

也不同于云,我的远天远地
在永恒的途中,需要示意

2017年3月12日,于德州

我的

命不是我的,命是命的
我能步量的土,我能目测的空
我能拥住的女人,都是我的福

我愿以安宁一瞬换永恒
是永恒的心,哪怕深陷孤独
那是我的,像自由,也像树木

苦涩是我的,正如注视
在所谓远方,云海已经变淡
我的苍茫的怀想,在哪里驻足

2017年3月12日,于衡水

无须呼唤

中亚有马,已无契丹
巴尔喀什湖东咸西淡

我的三月的蒙古高原
北边是雪,南边是岸

2017年3月13日,于北京

一切远去

光在马的前头,雨在马的后头
它腾飞,不见骑手

宋在元的前头,明在元的后头
它静默,雨落云游

2017 年 3 月 13 日,于北京

信

不是书简,也不是
写在帛上的文字,是一颗心

通过驿站接续传达的口信
边陲的烈焰,也不仅仅是焚

这个夜晚
不是很远,也不是很近

2017年3月17日夜,于北京

某日

一尾白狐与我的黑狗
蹲守在地平线,它们面对高原晚霞

可以确认融化,不是喜马拉雅
是我的西拉木伦河,就如从天而下

2017年3月24日,于北京

想起海子

突然想到高处,不知是什么
拽着风?又是什么拽着雨和雷鸣

这么久,这个男孩独自远行
所有的树木,都拽着大地的悲痛

2017年3月25日海子祭日前夜,于北京

身边的神

身边的神说:有一个秘境
就在那里。你要越过想象之门

身边的神说:没有彩虹桥
要去那里,你要击碎诡异之梦

2017年3月27日,于北京

阳光与阴影

你应该拥有精神的祖国
面对凋零，谎言，流放与残破

银河在高处，水在低处
心灵说：太阳啊！鲜红自由的花朵

2017年3月28日，于北京

京京，又是春天了

就如以往，我奔波于
这座不知属于谁的都城
我再次看见柳绿了，很快
那些杨树也就绿了。可以想见
灵一样飞舞的絮，是我
是我们无法回避的时节
这让我想到人类的命运

京京，又是春天
是没有你的春天，我在这个午后
感觉你的道路没有尘埃
天空中也没有霾
人间所有消失的大河就在你的世界
是的，我想到你
还有洁白的雪，血滴在雪上
绽放鲜艳的红花

我相信，在你我之间
一定隔着什么，那不是帷幕
那是比蝉翼更美丽的时间

是根在净水中
对我的提示

那么多人啊
他们在追逐什么？他们
因何负累？京京
突然忆起你的眼睛
我的一切归于从容

2017年3月29日夜，于北京

写给怡泽的诗篇

一定的,这世间的恩惠
你将证明,水乳交融的生命
是隐而不见的年轮

怡泽,在你的微笑里
我敬奉上苍,那种赐予
被我想象的一切可能
通过清澈的眼睛,对世界
传递无比珍贵的温馨

一定的,怡泽就是感动
这绝对值得铭记与祝福
想到溪流与大湖,想到未来
我就会想到你,这奇迹的诞生
原来如此接近树木

怡泽,在你的气息里
我敬重人类,那种仁慈
被我感知的一切存在
通过神圣的童真,对时间
奉上美丽成长的过程

2017年3月30日夜,于北京

你我的白云

在下面,也在上面
白白的,柔柔的,动着静着
时隐时现的目光与泪,酒与火
这是我们的时代,一时一刻
灭亡的秦朝是谁的过错

触摸的,躲避的,云的语言
我们的幸福和时间,天在上面
地在下面。我们在哪里?
躯体中的河,激越的,缠绵的
我们的正午与夜晚

2017年3月31日,于北京

宇宙的眼睛

没有奔腾，只有静与动
只有生与死，陨灭与诞生

只有存在，在浩繁之间
敬畏宇宙的眼睛

2017年4月3日，于长途中

上下

琥珀色的星群,我想
在它的核心,是否也有白云

面对黑暗
我等待突出重围的雁阵

2017年4月4日夜,于途中

斯德哥尔摩

无论如何，这里都是异乡
我已经找不到北方边疆
我甚至找不到熟悉的蒙古马
我的琴声回旋的祖地
胡杨，亲爱的蒙古姑娘

梅拉伦湖，你在夜里点燃我
用你的蓝色，可我
无法解开你的面纱
我承认纯洁美丽，斯德哥尔摩
你这波罗的海风吹拂的少女
你的凝视未失天性

我感叹人的距离
比如万里，我也敬畏神
在斯德哥尔摩性感的拥抱里
我渴望纵马，然后
枕着海风睡去

2017年4月6日，于途中

望去

无须质疑,天,天气
天下的水,水下的石头,还有花

还有我们,生与死去,缅怀
在对等的宇宙,掩埋永恒的哀愁

2017年4月8日,于北京

在水晶吊灯下

那里存在另一些东西
不说奢华,说错开的花
在心机和谎言中散发毒性

他们
一定忽视了沉重的屋顶
建筑上面轻盈的天空
是的,还有人间苦痛

2017 年 4 月 10 日,于涿州

我与你

平凡的心灵啊
你要热爱一寸水土一寸尊严的山河
因为那就是你的
没有任何力量能够阻碍你的目光
你凝望，你就拥有领地

凝滞
像冰封的河，山峦，或一念感伤
你停在那里
你就像一个失去故乡的人
就像我，永失星光之城乌兰巴托

平凡的心灵啊
你要体会一面墙壁一阵哭泣的世间
感知一些花儿开啦
一些人去啦
还有一些人，他们背负着黄土上路
不念尘埃

2017年4月15日，于北京

一天

已经入夜,隔着窗子
我看见一位妇人,她在往脸上
擦着什么,可以肯定
她刚刚洗过脸
她辛苦忙碌的一天刚刚结束

我看见一种劳作之后的美
那位妇人,她爱美的心灵
想挽留住什么

这个时节的北方树都绿了
雪已经飘向远方

那位妇人已经告别中年
可她不会忘记一场年轻的雨
那是隔着时间的时间
那是隔着怀念的怀念

人啊
如果你还心怀忧伤
你的生命就未失感动

2017 年 4 月 17 日夜,于北京

致敬（一）

想着该向什么致敬
不是对时间，过去的，现在的
还有未来，一切无痕

想着某个背影越来越远
关于河流，雨季，年轻的生命
为何没有回返

想着今夜，窗子外面的天空
人声话语，一定有一个男孩
在夜幕中嬉戏，一定会有注视

想着温暖的手此刻能握住什么
一定不是风，也不是幸福与悲痛
该是一缕心念，掩埋于土中

2017年4月18日酒后，于北京

爱在咫尺

想给你荷花开放的湖岸
我没有春天；想给你腊梅
我没有雪；想给你一个方向
我没有地平线

那么，可否给你宋词的雅致
在岁月之间，我们用心感觉的生活
用辛苦创造的生活
无论如何，你都是我的旗帜
你在哪里，飘展就在哪里
那是我极致的美丽

这不可改变
我想象的夜空中飞着永恒的寓言
飞，让我想到你的双臂
我甚至想到仁慈的泪滴

想把安宁给你
我没有秋水；想给你逶迤
我没有群山；我只能将此生给你

给你青春,也给你年老
就这样永世相伴

2017 年 4 月 20 日夜,于北京

长夜无语

在森林近旁
栀子花开了，密集的松针淋过天雨
闪闪发亮

内敛的河流过北方
我所见证的辉煌不是一瞬
是一种声音，它以强大的力量
穿越午夜，倾听的人
在它无限的弥漫中感觉莅临

扩张，黑夜收紧它的翅羽
温度往返湿地
有一只水鸟，是的，唯有一只
它跳动，这个精灵
它让我联想到勇猛的武士
它不惧暗夜！它自由跳动
就如最美的舞蹈
它是我能发现的幸福

我看见光辉，天与地浑然一体

我嗅着古老而年轻的气息
直到沉醉

后来,于无声处
我体味天地初开
峰峦举着神的智慧
一切无语

      2017年4月21日零时后,于北京

早安！世界

我相信了！有一种通用的语言
像风一样隐着翅膀
这一刻，我不知道有什么
正在悄然穿越阳光海，正如
我青春时代的奔赴
午夜时分飞过长江的火车

在我动荡的灵魂里
南京和上海彼此相望，它们是姐妹
在初春的雨中，它们非常美丽
那时，苏州、常州和无锡都很小
小到可以放入一首歌谣

现在，就我一个人
在四月的华北平原阅读涿州
是早晨，很多人还睡着
白洋淀醒着，滹沱河几近干涸
我阅读，对一座古塔，稍远处的古桥
我近旁的石槽，苍老的木头
是啊，还有鸟啼，阳光下的建筑

熟睡的人啊！你们一定是错过了什么

点燃一支香烟，仿佛
突然点燃了往昔五十年，五十年
你说够久吗？对于我
那是从高原上下来，从幻想中
走向所谓遥远的旅途
一切都清晰了！少年，青年
我的同样动荡的中年
如今藏在一首诗中

早安！世界
只有一种语言能够让我们同时落泪
你要懂得，世界很小，也很孤单

        2017年4月23日清晨，于涿州市码头镇

仰望云空

一定有亡灵
想对我们说一些什么,那不是秘密
因为无奈,他们生前无语

一定会有残破,但不见血
甚至不见伤痕。当树木又绿
活着的人们开始说起春天
或开放黄花的平原,我在静处
仰望云空。关于深邃,无名指
人能触到的深度
冷暖,明暗,未来与从前
一定不会在云和云之间

2017年4月26日,于北京西郊

我的蒙古之夜

我平静了
我的远方,我的远方的友人
仁慈的生命原来如此
我在回顾一切丢失

我的蒙古之夜
我的已经走向高处的父母
在云端上,在我可以感觉的
温暖的路途,对我
对我丢失的一切
表达原宥

我平静了
原来夜幕是一层一层的
就如一页一页的史籍
一首又一首牧歌,其中的长调
在时间之河的那边
追踪科尔沁银狐

它们

已经不在人间啦!就如此刻
我的蒙古的夜晚
轻轻飘落肯特山两边
一边洁白如奶
一边湛蓝如天

2017年4月30日零时,于赤峰

沙果树下

在我出生的地方,此刻
在沙果树下,我守着水井
我的亲爱的地泉

母亲啊!你曾带我在这里种下玉米
在比今天晚些时日
在谷雨,母亲刨土,我撒种子
是那种金黄饱满的颗粒

五十年
土没有改变,老哈河以北的风俗
没有改变。此刻,在沙果树下
我寻找母亲,还有饥饿的童年

2017年5月4日正午,于赤峰

又是立夏

我南方的妹妹在海的潮汐中美丽着
她的气息,那种比想象更久远的存在
源自深海岛屿

没有比这更贴切的释解
蓬勃着,是一朵浪花,融入着
我南方的妹妹是海的一部分
海的女儿,拥有无限蔚蓝

就在那边
我是说海,那不停涌动的时间
我在蒙古高原可以感觉到万年恒定
我南方的妹妹已经接受海的恩宠
她依然十六岁
美如花蕾

如果必须揭示层次
她是干净的水,她的上方是天
下面是土,近旁是海洋

而她的远方
被我们一再怀想的精神极地
大雪圣洁，在这一切之间
我南方的妹妹守着一隅
又是立夏，她成为一季

       2017年5月5日晨，于赤峰

逾越

一定不是雪,雪与松的兴安岭
不是大雪弥漫的天空

你的目光比冬季更远
但未能逾越午夜,群星与疼痛

你是痴迷仰望的孩子
穿越尘埃,你看见最美的眼睛

2017 年 5 月 5 日黄昏,于赤峰

晚安

不是对世界,是对自己
道一声晚安!这有些艰难

一匹孤狼在额尔古纳河岸边
此刻,感觉与它对视,互道晚安

2017年5月6日深夜,于北京

第六日

有一条路在远方浮动
让我想到河流,天上的云海
我是说苍云缝隙之间的蓝

我是说河流之间的大地
村落,养育着传统的村落已经苍老
某种抉择诞生在这个第六日午后

2017年5月7日正午,于北京

错觉

你看上升的月
还是涌流的云？你听不到声音

疾飞，那种穿行，诡异的午后
仰望天宇的孩子，失去了童真

2017年5月8日夜，于北京

经过淮河

是一掠而过的淮河
对于今天的我,就是一掠而过的生活

没有回望
我知道往昔,它不会改变。所谓未来
永远都是魅惑与疑惑

可是
淮河,你让我想到撕碎的诗歌手稿
那个年代的酒、夜晚,还有爱情
荒冢下年轻的心灵

这大地
飘着飞絮的挺拔的杨树,笔直的路
我们到底遗失了什么?在
往昔与未来之间,我们属于天局
是棋痴,是观棋者
是想走就有的旅程

淮河

为你流淌的水,我深感欣慰
有一种遥远,让我感觉如此陌生
但没有恐惧

2017年5月10日傍晚,于合肥

2017年的合肥

不说两条河流,在东西两边
相望的姐妹,2017年5月合肥的雨
大概源自旧约,我的合肥
将浩渺的巢湖养育为美丽之女

我的旅途始自燕赵,经过齐鲁
在隐约的气息中抵达江淮
不止一次了!十年,二十年
我从不同的方向来到这里
2017年,我的合肥
在一场雨中洗净五月

人群退隐屋宇
在帘子里面,我的合肥在帘子外面
2017年,我的路途停在巢湖岸边

停在一个意念里
2017年的合肥,五月的夜晚
我深入一句古老的语言

2017年5月12日晨,于合肥

星期五

被魔曲攫住的人奔向大湖
有一团黑色,是移动的,变幻着
那里应该是魔曲的核心

她一袭白裙
风的阻力使裙摆飘在身后
她一路呼喊爱人的名字,另一团黑色
是她的长发,肆意狂舞

那一天,感觉灵异的占卜者端坐沙丘
白裙女子经过他的近旁
他突然听到雷鸣,但没有雨
那一时刻乌云吞日

占卜者自语:回去吧
爱是唯一的拯救,别被魅惑
回去吧!他看着女子的背影
就如面对寒冷的雪季

在另一些地方,有另一些人哭泣

没有谁熟识白裙女子
她消失,占卜者消失
后来,人们来到传说中的大湖
原来是一片荒冢
不见一字铭文

          2017年5月12日正午,于合肥

今天

招魂术
用背影歌唱的人拖着白骨
光明被一丝丝燃烧,灰烬诡异

我所不在的手成为主宰
我极力想象斜飞的橘红,向上的
某种脱离

黑暗裂变呈现鲜红
应该是血,那种酷寒,为何
未能使血与泪凝固

我是其中的倾听者
这遥远的声音,一百零八个阶梯的宫殿
如今已成废墟

遗址
横卧的巨石,在油画里复活的少女
神色惊悚忧郁

我对前方的光明说：引领吧
请打破魔咒，请让人类
在你的移动中看见新生的百合

我无法解释梦魇，无形的绳索
有时会捆绑灵魂。但是，我笃信
向善的心，一定属于光明与星群

2017年5月12日，于合肥

5.12：汶川

我以诗歌的名义寻找预言者
寻找冰冷沉重的瓦砾
夹缝中少女的眼睛

汶川
诗歌的剧痛就是你的剧痛
就如同一种窒息，在广大山河
预言者的声音那么微弱

泪水与绝望啊
那么近！那么深！那么真
那么无可依存。5.12，汶川
无可问，没有忘川

那一天我读圣经
在中章读沙海，读绿水
读万箭穿心的耶路撒冷
读朝觐的人，亡失的人
奔向云

以诗歌的名义
汶川，血与缅怀，永无穷尽

2017 年 5 月 12 日夜，于合肥

阅读者

没有终章,一天一页
一年的山海原野是一页

一生一世,这颗星球
拥有小小的心灵,孤单与悲痛

而我们,所谓始终
是爬行过,最后臣服永恒的眼睛

2017年5月13日,于合肥

星期六

只承认是时间的囚徒,这不够
渐渐老去,一声叹息
来自泥土深处

曾经激越澎湃的心灵,会在
时间中锈蚀,躯体迟缓,踯躅
不再关注远山,年轻的树与河流

终于承认:一切都是过程
只有自由!比如风,才会让那双
浑浊的双眼闪过瞬间光亮
像最后的燃烧,也如忏悔与渴求

关于尊严
或许只有影子了!可是
那不仅仅是依赖光的跟随
它那么神秘,已经接近诅咒

2017 年 5 月 13 日,于合肥

在怀宁：写给思睿

思睿
水做的女孩，你三岁
有一条没有命名的溪流也三岁

思睿
你陪我走天柱山，是在雨中
在皖南，你青瓷一样的声音
在雨中传递，然后
是你雨中的笑容

思睿
你三岁，到夜晚
我希望你怀抱一朵白云熟睡
窗外是大片大片鲜花辉映的群山

思睿
你啊！是我梦想里的细节
你是天使，你的笑容就是歌唱

思睿

你生在多情的怀宁
这是慈母之怀的安宁,是佛性
引领你的一生

  2017年5月24日夜,于安庆市怀宁县高河镇红旗村张家大屋

写在查湾的诗
——给海子

雨后
我看见耕者的眼睛,还有笑容
是查湾的上午,在水田
那个年轻的耕者是泥土的儿子
是我们的兄弟

那些鸟
它们聚着,叫着,在轰鸣的机车后
它们觅食,那些黑白相间的精灵
耕者,他开着机车
他对我笑了!他不知道我是谁
他的笑容,在查湾上午的阳光里
那么纯真!我突然联想到十四岁的你
我的心头仿佛迎向鞭子
是寒冷的感觉
但没有疼痛

你所描述的农耕之眼
在群鸟的啼鸣里

背景是一处大屋,我就在那里
我可以感觉对视
像接近湖水一样
干净明亮

在查湾
我与你谈了很多,这首诗歌
是其中很少的部分
另外的对语在枇杷树下
在河塘水芹旁,在距离古旧房屋
不远的地方
你歌唱

我有一万个理由相信
你依然在那里,你刚满十四岁
我二十岁。在查湾,你说
已经很老很老的苏武
在遥远的水边牧羊

正午时分
我无言告别年轻的耕者
告别查湾,独自一人
走在五月回返的路上

2017 年 5 月 25 日,于合肥

查湾某夜
——再致海子

那夜
我在查湾的田野间等待一场雨
我失去了春天,对夏天
我仰望,充满神秘与期待

五月将去
查湾新翻的水田泥土浓郁
一阵风过,之后是又一阵风
一些树陪着我,比较矮小的一些
是树木的儿女

我知道
你的气息就是查湾的气息
还有你的星群,如果人们
阅读你的诗歌,就会看见闪耀

那夜
在查湾,我遥想高原,在柴达木
你奇异的身影像一行诗歌
静静飘向可可西里

2017年5月25日夜,于合肥

一羽如我
——给海子

一羽,白色的,就一羽
它曾属于翅,一个在天宇
孤独飞行的精灵

蓦然传来年轻时代的歌声
是夏季了,我在夏代萧国的都城
在阴凉处,酷热的阳光就在近旁

一羽如我,这一天
我和羽毛都失去了故乡,念皖南查湾
一个十四岁的少年,想象遥远的火焰

2017 年 5 月 26 日,于宿州萧县

一杯绿茶中的宇宙

主要是水
没有波涛的表面飘着鲜红的枸杞
像几颗星体,但不像太阳
更多的茶叶沉下去,只有几片
它们遨游,在它们的宇宙
更多的,那些静止的绿色
应该就是死亡
这可以直视

主要是过程
曾经的飞翔,墙,随处可见的墙
如果没有水,没有人类
没有金色的麦芒,醉与泪

我在一个宇宙中面对另一个宇宙
是人间五月,一切这么静
静如一杯绿茶中的宇宙
我在齐国,突然想到蒙古高原
耶路撒冷,一个早逝的王子
他在暴雨中说

如果你给我一个惊心动魄的夜晚
我就给你微笑牵手的一生

2017年5月27日晨,于济南

28日零时:泰山

是向天上走的,我这样想
中天门,十八盘,到升仙坊
我停顿,仰望南天门
默念玉皇顶

修了三世,与身边的人群相遇
我人间的亲人呐!你们
我夜色深处的陪伴
我的零时的泰山

玉皇顶东南,拱北石等了我很久
西望秦川,大魂途经我的故地
今晨,我来了,在大风里
仿佛已在天庭

下山
就是再回人间。在十八盘
我遇见三个泰山挑夫
他们负重向上,让我阅尽悲苦

2017年5月28日,于泰安

泰山挑夫

他们脚下的石头有一些疼痛
每一块都是，它们来自泰山的母体
他们也是，这些汉子
是泰山的一部分

那时，我坐在青石上
看十八盘上面的星空
我在想这条峡谷的名字
一个挑夫经过，他吃力攀援
他赤裸的上身就如青石
我听到了！他喘息沉重

突然想起那些前来封禅的王
他们被泰山挑夫抬上来
在启明星消失之前
他们坐在观日峰
说人之初，说教化
说得民心者得天下

你们呐

泰山挑夫！我的前世今生的父兄
你们才是我的泰山
在玉皇顶，即使我喝一口水
都会感觉耻辱

此刻
在泰安之晨，我仰望你们
我的沉重的，我的移动的山峰

2017年5月29日晨，告别泰山，于泰安

泰山挑夫与安新的麦子

如果在华北平原挑着重物
他们可能失去平衡
再迈出一步就是金黄麦子的安新
他们可能会醉。今晚
我的假设远离泰山
挑夫的呼吸,麦子的呼吸
同属仁慈天地

耕种者
肯定希望把麦子种到月亮上
那时,他们就会指着地球说家乡

而我的挑夫兄弟
在一步一颤的十八盘不会望天
他们说:玉皇顶很远

安新的麦子熟了
一个凄婉的节日到了
我呢,离挑夫兄弟们远了
我感觉到涌来的温润

一颗透明的泪珠
是白洋淀

  2017年5月29日夜，于保定市安新县白洋淀湖畔

端午夜

你能看见的眼睛,在天上
不止是星群;在星与星之间
那么多通道,没有大地辙痕

你能看见的金黄,在泰山之顶
是渐变的阳光;在华北平原
还有成熟的麦子,白洋淀岸边的芦苇
还有德令哈,一首诗歌中的晚秋

从白洋淀向北
嗯,向西北,金山岭长城
不是纪念一个人,哪怕他是英雄
再向北,元上都与应昌路
一片寂静

端午
也不是纪念一个人,甚至王朝
关于一条江,我想,你能看见的水
在这个夜晚没有改变形态
或许只有你的停滞

在某地,才能让风
获得片刻安宁

       2017年5月30日端午夜,于保定市安新县

圣祖诞辰

你,铁木真
出生时口含土片的人
今天是你的诞辰

你是一部伟大情史的初章
是首行,从贝加尔湖畔开始
到额尔古纳河沿岸,到今天

没有任何人可以找到你的长眠之地
你用宽厚的手掌轻轻抚摸马头琴
蒙古高原就有了永恒的旋律

你,铁木真,陨落西夏的人
从伊金霍洛清晨,到乌兰巴托黄昏
近千年,祖父一样安慰着我们

2017年5月31日,圣祖成吉思汗诞辰日敬诗,于保定

与后人说

我们的一些先人
已经到达阳光之顶
是另一颗太阳,光芒柔和
像温润的水,微微浮动
像中国华北六月的麦浪

我们已故的先人坐在那里
坐在青石上,青草上,河流岸边
是早晨,那里的女子正在梳妆

你要相信,那里不远
仅仅隔着一个梦,是一道月光栅栏

你降生在一个古老的家族
你要懂得敬佛修行
守着火焰,你要想到严寒
拿起食物,你要想到农人艰难
你一生都不能动一丝邪念
要对得起你的心,如果仰视
你无愧于天

我们已故的先人就在那里
他们望着，不是凝望人间
是通过梦境感化生者
不要怀疑恒定的预言

        2017年6月2日，于保定雄县

永驻（二）
——写在骆一禾墓前

我终于听到你的声音
在大理石光滑的平面上滑过
就像风轻轻吹拂你的海洋

你上了一个台阶，在你
用诗歌铺就的途中，有桂树
牧羊人在那里歇息，在一道草坡
你面朝河流，白衣洁净

爱你的人，为你选了墓志铭
我读到你的诗句
那些隐着巨翅的——灵
在一个叫故乡的地方
你停下来，指着苍茫

午后，六月阳光强烈
你热爱的女子，曾经的少女
用清水洗净你的碑文
仿佛很久了，我到来

我重返二十八年前
那个多雨的夏季

你不需要仪式
如今你在这里，也不在这里
这是艰难的想象
我对你说，你已不说
那一刻，这座古老的都城
如你一样沉默

2017年6月8日夜，于北京

无形穿越

在堆积中,人类失去了高度
在草原上,我的母族没有失去马
穿透时间的牧歌没有失去贝加尔湖

德令哈没有失去金色
在这个都城,我几乎失去了想象
那种堆积,一层叠加一层
那是肉身的栖所
灵魂忍着茫然和剧痛

独自穿越撒哈拉的女子
她蓝色的纱巾是一片移动的海
那是酷热下的自由
一只手托举积雨云
在大风中疾走
有一种神秘的鸟群
在同一时刻出现在亚洲

2017年6月9日,于北京

山海关
——致海子

我在黄昏上面，也可能
在黄昏下面。山海关
我在一个预言的前面
也可能在预言后面
感觉很重，那些飘忽的城楼
隐约的海岸，所谓生活
不是昨天
不是明天

以此为界
两个王朝绝对轻视秦皇岛
明不明，清不清

入夜，仿佛就我一个人
踩着脆弱的辉光，或被它托举
某种神秘的声音说：他来过
他们来过，一个王与另一个王

这里是天下第一关么

这里是天下么?天在哪里
下又在哪里?

你可以遗忘,对一切
在山海关寂寞的清晨
我这样告诉世界:我信你
人很卑微,人的力量亦如蚁类
活在神明中的一切可以制造死亡
但无力粉碎时间的记忆

一个王走了,带着他的秦朝
另一个王在这里离去
带着悲苦的心
他将不朽的诗句
留在苍宇

2017年6月14日清晨,于山海关

再回

我寻找一条大江的记忆
是六月的正午,在辽东
某一种回返闪耀金光
就如莅临

在群山之怀,我年轻的岁月
纯真复活,走在命途
关于一条大江的记忆
被时间珍藏,眼前的山峦与森林
透出那个年代的气息

山峦啊
你静若处子,你才是最真的等待
是我的崇敬,如此贴近天空

突然想到一些人与事
想到我二十三岁那年一个雨日
我靠近你:鸭绿江!那一年
你是我梦中天上的水
你绿着,你美着,你不语

三十六年后
我再回,你绿着,你美着
有一些人已经永远离去
你不语

        2017 年 6 月 16 日,于丹东鸭绿江畔

时光之侧

我听到一种声音
那不是水,也不是跌落
是一片橘红飘过高高的雪山
是告别,没有仪式

然后,我幻听鹿群,它们鸣叫
在辽东六月的午夜
我希望接近祈雨的人群

柳,长在时光沿岸
我也长在时光沿岸
我年轻的儿子,在海的那边
他祝福我!在今天
他让我感觉作为父亲
因为尊严的血脉,该以怎样的心灵
守护一个圣地

在时光之侧
我的父亲长眠,我的先人们
已经幻化为宇宙的花朵

2017年6月18日父亲节,于丹东鸭绿江畔

星际

一片云海涌入深蓝
它消失,另一片云海紧随其后
神者静默,在无限灿烂的光辉中
黑暗,宇宙的语言
神秘的手从来没有背叛自由
可以确认,在我们的星球
人类的孤独已经存在很久很久
星际之旅没有尽头

爱着,像一片叶子活在枝头
温暖的血,乳汁,泪
为了怀念,人类在大地上建造塔楼
就这样瞭望,面对海
那永无静止的波涌
一定有一种力量推动另一种力量
一定有一种忧愁融入另一种忧愁

一定存在永恒的美丽
在星际,在人类无法想象的远方
在辽阔的蓝湖四周
鲜花依旧

2017年6月18日,于丹东

时间

被时间揉成,脑海,心灵
在时间里成长的宇宙
众生,路上的时间如何成为怀念
一切独立的,不语的
岩层一样的时间
被什么证明

被时间揉碎,重归风雨和土
是这样的过程,是时间
没有印痕的凝滞和流动
是夜暗,是花红
被青春挽留

曾经年轻的山海原野,那些树
那些遥远的界碑与城池
那些人,他们熟读生死
在时间中
只有臣服

2017年6月19日夜,于丹东

梦遇

一栋建筑,一些孩子,一个院落
熟悉的,陌生的
有光的地方很平安,有亲人的屋宇
醒着的,安睡的,生者,逝者
可能相遇一处的时刻

昨夜,我仿佛穿越星海
我求助佛,在梦与梦之间
那些赤裸身体的孩子围住我
他们微笑,什么也不说

我看见飞翔的昆虫
比孩子们高一些,因为恐惧
我寻求守护,在深刻的孤独中
我感觉头顶的光,柔和,干净
那一刻,我想念河,遗忘火

是啊
柔和干净的光就在我的头顶
午夜之后,一定存在神秘的抚摸

活着,梦遇,对的,错的
可以一笑而过

2017年6月20日,于丹东

正午的哲学

每天清晨,光怎样摇醒我面对世界
这不是问题

是的,夜晚不眠,我在怀念
与被怀念之间,如遨游孤海
这不是问题

问题是:谁能粉碎这个过程
谁能超越一颗心,在绿树的摇动里
紧紧地拥住黎明
无视悲苦与暗影

2017年6月20日正午,于丹东

通往未来的下午

这是通往未来的下午
新的临界在时间之门的那边
神也在那边

临界
耶路撒冷,麦加,卡萨布兰卡
我的永恒的哈拉和林
手握牧鞭的人,把自己给了黄昏

年轻的诗人啊
你要倾听冰河与火焰,仰望灰烬
你要感激此生众生
在烈日之下,你要感觉寒冷
你要在诗中追寻失踪者的姓名

然后
你亲吻通向未来的下午
亲吻一捧土,一棵树,你可能
无法亲吻飞舞的蝴蝶
你可以亲吻光明,实际上
你就亲吻了未来与天路

2017年6月20日,于丹东

给

我给
我不会保留
我把足迹给了路,实际上给了大地
把想象与崇敬给了苍宇
我是最小最小的神秘

这一生
我给你灵与肉,这也毫无保留
给你夜与昼。我知道
我只能给你过程
一切,尚未尘埃落定

我给
若是背影,我就不会回首
在对时间的认知中,我承认卑微
我承认,我们
甚至不是时间的奴仆

我给
你就接住,给你云就是云

给你雨就是雨,若给你亲吻
你就紧紧拥住,舒展眉头

2017年6月24日,于北京

刺绣那面的倩影

只有一瞬
疾飞的马群就从宋朝跃入了元朝
江南雨季,自然的水墨中浸出鲜红
像一只孤鸟,缓慢飞往雨的边缘

火光四起
在精美的刺绣上出现泪痕
手,绣娘,刺绣那面的倩影
哭诉最后的王城
最后的忠贞

入夜
在刺绣那面,一只手舞动光影
她守着最后的家
在雨声淅沥中绣绳金塔

2017年6月25日夜,于北京

安慰

必依赖这河山，泥土树木
在阳光中闪耀的空气
有时依赖一条遥远的路
告诉心走着，用目光告诉前方
与天空：一切都值得铭记

依赖注视，是生灵面对生灵
是活着，像准时抵达的夜晚
星海缀着深蓝。这
是另一种注视，永恒的灵异
在那里舞蹈

我能想到的圣乐在静处
在人间慢慢变老的生活中
它退向致远，与神共存
必依赖沉思

所有的回忆都没有死亡
只要用心感觉，你就可以迎接莅临
一切复活，历历在目

2017年6月27日夜，于北京

入梦凉州

小小的燕子
在嘉峪关和凉州之间飞
我也梦见了胡杨,真是金色的
高贵中透着静美

我无法阐释这种关联
胡杨,美丽的燕子,是的
还有敦煌和玉门

一定有一种思绪先期抵达了凉州
像凉州词里某个文字
像文字中的心,像拥抱
然后,在梦中,我深吻
凉州的肌体,它眺望远方的额头下
有一双清澈的眼睛

是的,小小的燕子
在时间中穿行,这几乎证明了
某一句语言,是一切可能
都不能提前设定

最终
小小的燕子朝我栖落
那一刻,凉州醒了
它的山野一半葱绿,一半橘红

2017年7月3日,于北京

我的凉州

我的凉州在河西走廊
乘坐时间的筏子一寸一寸种泥土
在天空种云朵,种燕子的呢喃
她在远方种下山脉
复活龙的身躯;向北,种下敦煌

她在特定的时间对我舞动想象
我联想燕子飞,骑士醉
羌笛安抚寂寞的边陲

我的凉州是无限静美的相思
她蓬勃,饮地泉泪迎天雨
轻轻抚摸,她肌理丰润
敞开胸怀可抵玉门

我古老伟大的同道,那些词人
那些在时间起伏中渴望征服的人
在她的清晖中放下笔与剑
接受浸染,也就是服从水
在月光下热爱人类

此刻我在华北
以骑手的身份，对这一切
躬身致意

2017年7月3日，于北京

河西走廊

是氤氲
我对光明说,那是我年轻的遗址
在等待我;时辰到了,我不能抗拒
向西,我的祖先曾经完成神的使命

河西走廊
智者之路,往昔的蒙古马群
至今在那里吃草饮水
人在山河间留下牧歌
在一个伟大的指引里
他们宁愿牺牲青春与肉体
也要抵达远途,确认精神的纯粹

河西走廊
我的年轻的遗址,是另一个祖国
神秘,奇异,山水相依
那也是我的处女地

河,是黄河;西,是西域
你是你,是我站立的白杨

横卧的山脉,安宁的水流
你是占卜者午夜的指向
捅破窗纸,你是轻轻吹拂我的风

万里一瞬
河西走廊,我已听到你的歌吟
有梦,有心,有根
大雾散尽

2017年7月3日,于北京

指纹下的山河

好吧,我们不说更小的物质
我承认局限。我对你说一说指纹
斗形,箕形,弓形,它们像海岸线
也如水的波纹。我要对你说
指纹,更像上帝的思绪

我们都活在指纹的时间里
通过指甲,它告诉我们时间的过程
每剪一段,我们的生命就短一段
说怀念,大致如此
要懂得服从神意

一切都在指纹里
行善,作恶,已不可说
手指沧海,躬身收割,沉醉抚摩
手握笔杆签下盟约,举杯相庆
暗夜掷下令牌,挥舞剑戟
是什么人,在哪种时刻
对无辜者扣动扳机
是什么人以自由的名义

在最后的时刻向天空举起手臂
让微弱的光明看见血迹

亲爱的
幻想着抚摩你,在相融的目光里
彼此奉献指纹下的山河
就这样焚烧夜与黑暗
就这样,像两棵孪生连体的树木
哪怕枪声逼近,也不分离

2017年7月4日,于北京

从凉州到楼兰

你在古旧的地图上寻找一些地名
凉州、敦煌、玉门、楼兰
这与时间相关：勇者、智者
征服者、被征服者
都在时间中

不得不再一次说指纹
上帝在宇宙中轻触一下，地球上
就出现了海，海的波纹
沙漠，沙漠的波纹
森林与林涛，河流与岸
山与岩层。在人类世界
没有一个指纹是相同的
就如树上的叶子；就如爱情
各有各的过程，还有结局

就如我的今夜，你的今夜
一个在西，一个在东
尘埃万里，有静有动

2017年7月5日夜，于北京

飞鸟投林

就一只鸟,就一瞬
它就消失了,没留下一丝声音

我一定是惊动了风,或许
我也惊动了七月,比如河流
或一些往事

父母将我投给人类更广袤的森林
后来,他们就走了
甚至没有留下背影
仿佛只有远空

2017年7月6日,于北京

与友人说

那很生动
是看不见的风景,在围绕中

请相信,没有刀光剑影
你感觉什么就是什么,就是活着
就这样,饮酒,写诗,品风景

你说近就近,说远就远
是最美的江山,要云有云,要雨有雨
要飞就飞,要醉就醉
你要边疆,就吻一吻她的耳垂

2017年7月8日,于北京

把门打开

已关太久
该打开了,让他行走

如果你还敬畏母腹
你投生,你的啼哭就是向往自由

把门打开,把他还给七月和前路
他是世界的孩子,不是死囚

如果你还承认光明,你也曾弱小
那就把门打开,给他自由

2017年7月10日,于北京

送信的人走了

他不是我的驿使,他在尘世
至少接续两个人的时间
就一刻,他来了,他走了
我停在原处,是一个旧址
与北方某个江湾有关

送信的人走了,像一个灵异
在我之前,他触到少女的指纹
那本来是我的神秘,就如神谕
他是谁?那个把背影留给我的人
终结了我的青春

三十八年,三十八场大雪
我的驿站早已被掩埋
送信的人走了!他与我
苦苦期待的音讯
再也没有到来

2017年7月12日晨,于北京

不问山河

我不问山河了
我就问雨夜,一颗高贵的灵魂
以什么形态徐徐上升
他穿越霹雳闪电
将罪恶留给罪恶
将真理留给真理
将最后的微笑留给浮尘
他没有敌人

他抵达彼岸
我不问苍茫一线了
我就问雨夜,八万里禅机
是否决定十万里自由的呼吸
淬火者,他沉默了
一群鸽子突然起飞
在雨后天空
举起他的墓碑

2017 年 7 月 14 日,于北京

预言日

生于姬水的后裔
不知霸王的颍上深埋离愁
那里有汴河,安静的,像你
或你的身,你的唇,你的心
在安宁中体味鲜红的铭言
依托蓝,你就在那里飞

你飘落
就是我的避暑地
我的潮声涌动的江湾没有水手
安宁的女子在那里浣衣
我知道是你
我前世的忆

你心狂野,我联想无鞍的马驹
独自穿越沼泽,那么美
途经汴河的商贾回望源头
他依然年轻!颍上已经没有霸王
只有泥土的心情
像多情的女子呼唤英雄

一切
就要来了,只有服从
我要告诉你,指纹下的江山
会有多远,指纹下的江山
有时绝对服从耳畔的语言
与神共眠

2017年7月14日,于北京

今夜书

在这有限的疆域,一切
不会淹没成尘。一切,包括
你的献身。在没有枪声的雨夜
有一些窗子开着,一些灯亮着
一些人,在雷鸣中颂歌和平

我不知道有什么被扔在岸边
我知道,有一种死
像花儿一样绽放,花香
未曾在急骤的暴雨中飘散
闪电划过天宇,刺痛大地
我古老的祖国如此疲惫

总有一种死让我们扼腕悲戚
血与泪交融的思想,总在寻找故乡
总会有一扇门为你开启
你进入,你的身后是麻木的人群

殉道者啊!你留住了什么
拂晓,光明推醒沉睡的山脉

碧波,山脚下没有渡口的河
关于世界与生活
在今夜,不是雨
不是被强风割断的音讯
是庄严的陨落
已经改变了什么

2017年7月14日夜,于北京

梵音轻拂的山岗

被梳理,被安慰,被最深的亲吻
向上推动,这没有极限

就在那里,始终就在那里
就像前世的故乡
我幻听风,它怎样掠过山脊
幻听你的气息,一声高,一声低
感觉细雨润入奶白色肌肤
从山谷溢出,飘着异香
一个少年骑马渡河
被山岗迷惑

在不得不想的远方
在山岗上面,更大的智慧
是一双眼睛,有时清澈,有时迷离
如果我能看见泪水
那是悲伤?还是感激?

可以确信
对于我,梵音轻拂的山岗

你是我甘愿投身的圣地
你醒着,我就能看见美丽的月亮

2017年7月15日正午,于北京

蒙古男人

他们几乎集合了一切血性
他们是鹰,隐忍,孤独
从不背叛自己的领地
鹰翅巨影飘向草原,他们就是骑手
肆意长驰!他们
是你能读到的最真的自由
从不失壮美,在他们身边
如果你安睡,他们就是山脉

如果你迷醉牧歌
他们就是马头琴,永远昂着头
不惧朔风和骤雨,就那样望着你
无论你来,还是你去

他们纵马去过最远的世界
直抵异域海边,他们下马洗靴
洗坐骑征尘,他们对遥远的故乡
大声呼喊:我们到了天边

蒙古男人

是一座山连着一座山
你看过群马吗？你看过海浪吗？
在蒙古古老的长调和呼麦中
你能听到长生天吗？

如果你能接近一个蒙古男人
你就接近了一个帝国的情史
厚重，深远，坚实，充满豪迈
如果他们歌唱舞蹈
你就看见鹰落大地
在他们近旁，总有河流
有阴柔的湖

有时
他会是你忠诚的豹子
陪你到黎明

         2017年7月15日，于北京

嵇康

他没有被自己的祖国流放
他被索命,以正当的名义,他被构陷
进入凄绝的《广陵散》

他没有输
如今,举起刀斧的司马昭
已不知魂散何处

2017 年 7 月 16 日,于北京

暴雨之后
——被遗忘的诗篇

酷热
都城,宫墙,人群
雨逃避云,风逃避绿荫,谎言
逃避失血的内心

酷热
舞台,道具,眼神
谁在墨迹下表演?以诗歌的名义
谁在遗忘?大幕开启
谁在微笑?此刻,我的天上的黄河
在七月入海,大梦大悲隐于无形

酷热
帆逃避船,豹子逃避山巅
悲痛的人啊!你是否逃离苦难?

酷热
先驱者啊!你走了多远?你
心怀真知的人,将沉重的背影

给了自由：给了
那些用手势、言语和苍白
表演的人，他们已经将你遗忘
他们，逃避良知的诘问

酷热
我感觉降临，酷暑三万里
人心有渡，长天有神，掌心有纹
百年遗梦，不过一瞬

2017年7月16日，于北京

青花棉布

你应该是江边的女子
你净水一样的脸庞上停着阳光
在人群中回眸,我看见你的泪
你应该来自民国
你的棉布衣裤上印着青花
我不知你在等什么
你望着什么。你是我的
也是这个年代干干净净的美丽
你是百万亩芦花中的一朵
已经脱离根系

就那么一闪
你就离开我的梦境,像短暂的春天
像水面上的荷叶
你身上的青花棉布
那些素雅的花
在水边一次开放
你走在一支曲子里
你头戴布巾,欲动欲飞
我在时间岸边
想到某种逃离

2017年7月17日,于北京

星辰

我们都是,其中的一颗
在时光之河,我们没有岸,就这样
流向尽头

悬浮
悬浮于浩渺和未知,就是尘
我们有幸学会彼此能懂的语言
告诉彼此,我们有一个故乡
也有一些哀愁

我们
活一天,就少一天么?我们
记住了一些道路、树木与远途
这些概念终将与我们无关
这一切属于未来
我们什么也不能带走

如果能握住彼此的手说一说自由
如果紧紧相拥遗忘夜与昼
那就获得神示了

在更多的时候
你是春
我是秋

总是幻想
有一场雨会淡化夏天
预言应验，没有先后

2017年7月19日，于北京

诗篇

细雨中的神鸟穿过林隙
你在歌唱,面对起伏不定的夜
你以最深的虔诚感觉周边
比如岩缝间的草
低头的羊群,穿过林隙的神鸟
没有留下印痕

在空中偶遇,人类说
这是大地,我们在这里焚香礼佛
我们沐浴,把完美的自己交给屋宇

我们
以最深的虔诚释解过程
瞬间接续瞬间,火焰点燃火焰
突然的泪水点燃黑暗

你是我的远东
是神秘湖畔无毒的罂粟
我是狩猎者,在水中潜行捕鱼
在月下耕耘,你绽放的美丽与异香

永生永世都无法戒除

这是必然的一天
然后又是一天,一切已不可改变
直到永远永远

2017 年 7 月 20 日晨,于北京

我理解高贵的静默

我理解静默,这高贵的等待
一条河流从五月开始
就等待雨季,树木也一样
你也一样。你
你的心,灵魂和肉体
在河流与树木之间,第一千次
第一万次凝眸,你是六月的栀子花
九月的三角梅,十二月的腊梅
这没有区别

在悬浮的自然中,我们就是植物
不可否认遍地孤独
不可否认神赐的地球,它就是
悬浮在宇宙之树的果实
小小的果实,有时蓝
有时白,有时红

我们,人类,我与你
就在这颗果实上,我们没有历史
地球也没有,宇宙也没有

果实跌落，我们就跌落
没有时间，只有过程
跌落，就是万劫不复

我理解，关于静默
你的手，身体，精美的唇
这是多么令人心动的奇迹
招一招手就是示意
也可能是永恒的别离
我理解静默，关于生死
总是让我们感动

就让我们好好活下去吧
这是可以计算的时间，河流也是
树木也是，还有精灵一样的马
我们与这一切如此相依
我们活在死在一颗悬浮的果实上
因为渺小，我们称这里为大地

2017年7月21日晨，于北京

午夜诗

在梦中,你是一个裸童
没有任何人能叫出你的名字
你精致的身体,上面净水闪亮
有柔和的光辉

仿佛每一丝空气里都有你
你黑的眼眸,白的牙齿,红的唇
你的第四季在墙壁那边
第一季,你黑的长发
第二季,你白的飞雪
第三季,你红的玫瑰
第四季,你绿的深湖
是那种迷幻的荡漾
你的第四季,在雨中,在途中
在这样的午夜
一束光逸入湖的涟漪

应该近了,你要相信
这可以洞悉,不是神秘

2017年7月21日午夜,于北京

可以

不能给你道路,我也没有
可以同行,在命定中的时刻相遇
可以停顿,但不说驿站

有所得,有舍得
可以指云为雨,指彩虹为心迹
可以在某种不安中轻视围困

可以享受幸福,这神赐
与时间无关,可以赞美过程
每一瞬都值得珍重,但不可摧毁

2017年7月23日,于北京

舞者

有天的语言,比如云
有地的倾吐,比如水
有风的舞姿,比如柳
有雪的奇异,比如梅

在对称的时间和光明中
你在飞,进入赞美诗
你是泪;你绽放
你是圣乐的一部分
突然降临

你有白的翅膀
黑的翅膀,鲜红的翅膀
你蓝色的感伤无比透明
你飞,你静,你凝视
你旋转的天地充满永恒的感激

你淡紫色的愉悦就如秋季
雁群迁徙,你留下
独守一隅

2017年7月23日,于北京

神语

一只燕子低飞
这黑色的火焰,无视占卜者
一再预言的夏天

它应该对我说了什么
用翅羽,像火一样,我感觉烧灼
黄昏一刻

已经看见夜色
在黑暗那边,寻找舍利的人面对废墟
精美的佛塔早已坍塌

亲爱的
枕着音符入睡吧!忍住伤痛
迎迓黎明

已经没有多少人记述凄苦了
只有圣乐,这流泪的神语
缅怀一位英雄

2017年7月23日夜,于北京

致敬(二)

闭上双眼你就能看见
一片白花怒放,在午夜的黑暗中
所有的金顶都在注视你
送你远行,大魂无声

2017年7月24日夜,于北京

空

有两种天空
一种在你的意念里,你想远就远
想近就近,想雨就有雨
想风就有风

另一种天空
是空,它不是我们仰望的形态
它是伟大的定律,由神主宰
它包容一切,它是空

一首诗篇中的天空下
总会出现人类,阴谋,杀戮
已经灭绝的银狐,还有其他
在空中凝望血色黎明

2017年7月25日,于北京

局限

最终,那只鹰没有穿越云层
它拒绝飞到那个高度
在贡格尔岁末,它盘旋
迎来漫天大雪

这是一个久远的秘密
鹰巢,阿斯哈图,大兴安岭顶峰
这一切才是久远
人不是,你看草原
人总在羊群后面

我用四十年时间接近那个秘密
我爱着!充满虔诚
总是陷入难言的孤寂

2017年7月25日,于北京

纪念

我接受一个口信,从藏地传来
那只鸽子,大约飞了十年

它飞过禅门,在此之前
它飞过玉门,飞过起伏不定的心灵
它已读透山河

它集合了人类世间的一部分忧伤
与幻想。它抬起一侧翅膀
另一侧就会沉重
它一直在寻求安宁,它渴望栖落
不是放弃飞,是需要一个领地

你要相信
后来,它在夜里超度为水做的女子
从此成为人的女儿
在不为人知的地域和时刻
她端坐入定

2017 年 7 月 26 日,于北京

婴儿车

不用寻找,你就能看见东方的景观
在阳光下,在黄昏中,在风雪里
婴儿车出现在不同的方向
一辈人推着又一辈人
这浩荡的灵息编织经纬

这欢乐与艰辛的人群
在中国,他们推动未来
那些目光清澈的婴儿
一个古老国度的延续与幸福
依赖这样的道路

父辈们,年轻的母亲们
婴儿车后面,或停下,守在一侧
他们给婴儿喂奶,喂食,喂水
仁慈的手,在咫尺之间
喂养自己的祖国

随处都能看到
婴儿车行进的中国,她的四季

她从南到北的山河
从西到东的气韵
汇集着，扩散着，期望着
在婴儿车行进的中国
五千年不老，因这丰硕

我相信预言
也可以预言：中国，婴儿车
总有一天，就在这一代人中间
会出现闪亮的星辰
伟大杰出的智者

2017年7月28日，于北京

今夜

我曾想象一朵鲜花的青春
一朵雪花的青春
在蒙古高原仰望天空
我想到人类的青春,某种凋谢
留下破碎的声音

一季
鲜花的一季,雪花的一季
它们被风切割,它们喊不出痛楚
它们,曾是我们的近邻

我曾想象一棵树的青春
怎样献给了森林
今夜,传说举着传说,遗忘根
今夜,远方的台风撞击海岸
年老的手,指着暴雨中的黄昏
一个少女的七月即将过去
她不歌唱,盼着夜归人

2017年7月30日夜,于北京

北方：或十个太阳

转瞬已是八月
从三月开始，一个人就描述秋天
在被他忽略的时节
炎热肆虐

他没有提及雨
或其他。他说雪季最美，雪季
走过遍地洁白，就能回到石堤
这应该是一个地名
感觉是在北方

北方啊
仿佛有十个太阳，交替出现在
蒙古高原安宁的晚上

2017年8月1日，于北京

阅读者：只有开始

故事是这样开始的
我已习惯如此的表述，不是我在说
是进入，穿过时间之门进入往昔

我是阅读者
我看见死去的人活了，蒸汽机车
拖着蓝色车厢行驶在原野
它长鸣，驶入一条隧道
入夜，我看见车厢的窗子上
依次亮起橘黄色的灯光

这趟列车驶向更久远的记忆
它在马的嘶鸣中消失
再也没有回返

我看见一些洁净的女子
梳着浓黑辫子的女子，她们
在河边洗衣，在灶前做饭
在小小的庙宇前焚香

还有一些人
我只能看着他们的背影,越走越远
直至融入苍茫的自然

因为他们,因为还有更多的人
故事永远也不会结束
总有一天,我这样对我的儿子说
我,会成为你的往昔
一种时隐时现的记忆

2017年8月1日,于北京

查湾
——写给海子的信

如今
你在一碗清茶沉淀的月光里
回返贫瘠的少年。在母亲身旁
你学习耕种,在草的世界中
识别珍贵的粮食

所有的一切都来自田野
净水来自地下与上苍
你来自无限古老的心愿

你的最初的查湾
你认识的查湾,在怀宁这片地域
一定怀着安宁
你怀着诗篇,这是你的背负
无人可以分担

海子
你怀着宿命,你辛劳的父母
在查湾养育了你,一个忧郁的圣童

在稻田边缘的村庄长大
你,含着预言降生的人
渐渐懂得世间与时间的疼痛
这没有声音,风过水面
也没有声音

查湾少年
通慧的你,你的无根的身影
曾经像预言呈现一样
像一片无雨的云轻轻飘过
在大地的睡眠中,海子
你是凝望天地的精灵

你是墙壁那边的声音
年轻的你,已经洞悉生活的艰难
走出老屋,你就会看见父母劳作
在你成为不朽的诗人后
你说:父母劳作,我痛

你啊
海子,你忧郁的气质,在人间
几乎无人可解
只有你一再歌颂的麦田
为你闪耀秋天的光辉

再到查湾
我理解了你的伤痛,在田野上
在树木上

在稻子的叶片上
你的崇敬,你的敬畏
是母亲,那个生养了你的人
她曾年轻美丽
曾经像水一样洁净

阳光穿过云层
穿过大地的悲痛,穿过你的诗歌
你的二十五岁的早春
在北方的麦地中
为你送行

天不妒你,你已经在九层云上
在众神的故乡
你说:体悟者
你在路上,在风雨的通道
你要行走远方
你要相信,岁月的钟声
一定在特定的年代敲响
在查湾,也在远方

海子
今夜,我们选择一种方式缅怀你
以自然的名义
以怀宁的名义
在查湾,我们为你的二十五岁
为你的诗歌信仰
我们高举酒杯

我们
在怀宁的八月,为你
高声朗诵你的诗篇

这无须掩饰,无须修饰
我们在这样的夜晚呈现本真
就如你写在德令哈的日记
你的年轻的赤诚

你的二十五岁的人生
纯粹的年华,你的歌唱
在辽远的世界传来回声
劳作者,预言者,占卜者
他们,在他们的二十五岁
没有你的深思

你
接受灵性启示的人
在浩如烟海的汉语世界
精心选择贴切的意象,你说
世界啊!我爱你
我敬你,我恋你
我别你,我为你行走
我为你凝视
我为你探寻
我为你献身

海子
我在你描写的两个村庄之间
在葱绿稻田的边缘想你
你的双亲已经年迈
他们记得往昔
那许多细节
都与你有关

从你的旧屋出发
脚踏泥土，走向你上学的路
十二岁的你
黄土塑造的你
无限感激这个故地
你的双亲，他们
至今住在查湾的旧屋

我知道
在每个夜晚，你都会对父母说话
你恋着他们
你恋着查湾
你啊！在你二十五岁的春天
把一腔热血
献给了河山

在查湾，在德令哈
凝成雕像的你，在辉煌的日落中
进入传说，你是一个时代
最纯粹的良知

你以你血祭大地
你忧郁明亮的眸子飞向天宇
在查湾上空,那是两颗
交替闪烁的星子
望着走向终点的父亲
脊背渐渐弯曲的母亲
你,海子,他们永远的孩子
在午夜化蝶,通体洁白

一定存在遗忘
在所谓远方,甚至
在你的献身之地,你的同时代人
他们,曾被一行诗歌点燃理想的人
如今都已衰老
关于三月,以及此后的雨日
他们,他们曾经年轻的思想
像停止转动的石磨
呼吸轻微,这必然的磨损
在永恒的时间中
接受时间的抚慰

海子
你的灵魂回归查湾
像汽笛最后鸣响,航船回到码头
你,通慧者
将广大的世界放入诗篇
让耶路撒冷回到仁慈
伊拉克倾诉两河

印度举着恒河
青藏高原献出三条血脉
你的查湾啊,在黄昏与黎明之间
护着你瘦弱的母亲
她独自行走,若她停下脚步
她就是你灵魂的守护
你的圣地的象征
而你的父亲,如今躺在你出生的床上
形如一个婴孩
可是,他目光深邃
他沉默,他内心悲苦
依然不忍与你永别

你在天上说话
雨落查湾,雨落稻田,雷声滚动
你,已经回家的人
背负异乡的道路
在雨后点亮蜡烛

在查湾
我祝福人间的亲人!也祝福
天上的亲人,如你
海子,二十八年,我尝遍一切
但不说苦痛

我们人间的亲人们呐
他们行于土上,睡在床上
他们,以怎样的心灵接受离去

你的父亲，如今
他只能躺在那里念你
在离你越来越近的时间里
他寡言，他忍着巨大的悲痛和疼痛
在某一道光明中
他日渐萎缩的身躯
已经贴近泥土的抚慰
可他的目光，在凝望窗子时
仍然未失父亲的尊严
这崇高的荣誉！活着
这可能就是他最后的形象

你，海子
我天上的亲人呐
我两次来查湾，九天两次客雨
这不是两种预示，是你
是你诗歌中的南方和北方
在雨的编织里，写就两个故乡

在查湾
海子，我怀着感激拥抱你的母亲
也是我的母亲
她那么瘦弱，那么亲啊
她的时间，那种一闪一闪的流逝
被她一再凝望的，查湾的一切
每一瞬中都有你
你的三岁的哭声
你的九岁的话语

你的十四岁的身影

我是懂她的
我能够读到她的心，她的
流泪的心，流血的心，时刻想你的心
她今天的眼神
那慈悲的，忧郁的，佛一样的
那样的平静与注视
因为你的诗歌
变为与天地融合
这样，海子，在她的心中
你纯真复活！这是母亲的秘密
像一个支点，她面对世界
为你而活

2017年8月6日至2017年8月12日，
于安庆市怀宁县高河张家大屋

南昌
——致诗人郭豫章

今夜,不属于我们
属于诗歌的感觉,比如抚河
五千年,其中的十个王朝
被战乱与饥民困扰
只有诗歌的感觉没有改变
我们没有改变

这是你的抚河
你的名字是古城的别称
你能够觉知的是一些生动的片段
是让我亲近的部分
其中有雨,有回顾,有感动

在古老的南昌
我有你,有今夜,我们透明的酒杯里
有三生约定
是的,有你的赠诗,这是
你绝对珍重的存在
我也珍重

无关轻重

今夜
我们向无华的自然致敬
我们是诗歌手足,在微笑中
进入宁静

2017年8月9日夜,于南昌

大墙之外

在所有花朵的后面,就是海了
我却想到雪
在另一种声音的前头
雨幕顷刻万变,在所有翅膀的上方
先是云,后是雨,空中山一样的玫瑰
翻涌着,像大地马群
雪比它们高一些
剔透的结晶,会择期而至

在所有苦难的尽头,幼树成林
年轻的爱情正在向这里挺进
他们失去了所有的亲人

2017年8月15日夜,于北京

空与尘

仰首就可接近空,无法接近天
天,在尽头的尽头

故宫,长城,古罗马竞技场
金字塔,谁能看见辉煌后面的苦难
谁就是神子,领众神而泣

我在两幢高楼之间迎来雨
透过玻璃幕墙,我凝望空
我相信临近,某些斑驳挂在时光之侧
那可能是年轻的心愿和血痕
已被遗忘

雨,马路,穿行的车辆
躲雨的人群就如蚁类
真的非常疲惫

2017年8月16日,于北京

人间

那驾马车没有归来
那驾马车,车厢上的家庭
那个长着清澈眼睛的小女孩
没有归来。它和他们
就这样永远消失

很久以后
在另一场突兀的雨中
有人说,他们不是迁徙
是去找寻另一个失踪的亲人

2017年8月17日,于北京

十二行(一)

你听到悲怜的花朵
在洁白的奶色中接住晨露一样的泪水
你听到被点燃的黑暗
以不容分说的形式重新汇聚

你听到
马在轭中,在一切喘息里
最强大的心灵不失柔情
所有的谎言在静默中粉碎

你听到未来
泥土,河流,森林的生机
原来灭绝的鸟类一夜之间神奇复活
一个智者,在上天遥指人类

2017年8月17日,于北京

在时光沿岸

起飞
在巴尔喀什湖水色彩分明的分界处
是一尾跳跃的鱼——闪光的鳞
绝对孤独的语境,中亚
被你追寻的美丽女子
已经失踪四个世纪

你没有说,这是命运
在你珍藏的马鞍上刻着神秘文字
后来的骑手们
只能在古歌中幻听你的独白
再也觅不见你的踪迹

2017年8月23日,于北京

十二行(二)

雨停之后
在灯火阑珊的尽头依然充满谎言
安睡的安睡,离去的离去
悲痛的悲痛,在沉默中

香樟与白桦
象征的南方和北方,稻子与麦子
同样的花朵和凋落
都在飞行

此刻,夜
欢乐的欢乐,流泪的流泪
颓废的颓废!有一种光明,投向
几近荒芜的道路,寂静无声

2017年8月23日夜,于北京

你不了解的蒙古

不要说一匹蒙古马
与很多很多马,已被时间带走
它们进入一扇门,后面强大的尘埃
瞬间匍匐于地
它们从另一扇门出来
复活为成群成群的马驹

初上马背的蒙古少年
他们,是前世的骑手,与马群
同时消失在一个年代
又与马驹降生在一个时代
在源起孤寂与尊严的牧歌中
他们是英雄
他们回返
语言未变

那些蒙古马
它们的路途远一些,急促一些
生命短一些;在马头琴声里
它们的生命长一些

属于长生天

蒙古少年们
我族群中的晚辈，他们开始飞
雏鹰一样飞，霞光一样醉
手提奶桶的蒙古少女在包门前望着
像八百年前蒙古的初夏
蒙古的母亲
青草一样美

2017 年 8 月 24 日零时，于北京

我们有北方

因为哈拉和林,蒙古人
不会留恋西夏

因为肯特山脉
蒙古人热爱马

因为河流,蒙古人说起贝加尔湖
长生天雨下

2017年8月24日夜,于北京

在我的年代

我尝试了,用心贴近一个
古老而年轻的帝国有多么艰难

只能寄望于水,水的波澜
水中的芦花,不会永远灿烂

2017年8月25日,于北京

夜语

不要幻想揉碎这样的秋夜
不要悲伤！你可以仰望星光之子

站在你的大地上，倚着故乡
好好活每一日，无所谓憧憬与渴望

你是自己的主人！你的心红着
夜海就会闪闪发亮

2017年8月25日午夜，于北京

在高塔那边

那可能是你的选择,可能不是
可能被选择选择了你
在一座诡异的建筑下
路到了尽头

在高塔那边,路可能会延伸
可能是危岩,滔滔巨浪
在你身后,可能突然传来细微的声音
那就是神谕

2017年8月27日雨中,于北京

广场

黑水城中的居民正在老去
树冠还未摇动金黄
有人经过墓地,有人离开广场

在墙壁那边
一座钟走走停停,你是健忘者
拒绝穿越,等在原来的地方

2017年8月28日,于北京

在吴桥

知苍天远,夜晚近
异乡无故人,半月悬空,飞鸟尽

知一寸心,缅怀深
往昔杳无音,一世仰望,星光遁

2017年8月30日夜,于沧州吴桥

海子：路

我的四周都是绿色，都是你
淡淡的雾在林间，可你不在了
你的诗歌刻在石头上
你的旅途在马背上

你的人类和姐妹已经离开德令哈
你的雨中的拉萨
你的1988，你的1989
哭你的格桑花

2017年9月1日，于安庆市查湾海子故里

面对落日

那堵墙是存在的,你不要怀疑
我们移动,它就移动
它无形

它可能是最神秘的时间
我们所在的星球,一定在墙的里面
这不是围困

在墙的那边
你可以想象,在墙的那边
已经无关生死,或远近

或者,你可以尝试穿越
但需要一种证明:你不再回返
已经放下一切悲痛

2017年9月7日,于北京

告别

这个时刻不是我的选择
隐藏在时间中的秘密,被世人
称为真相,可能永远不会被揭示
对于我,此刻安宁的世界
这样的午夜,是珍贵的包容

我选择祝福
是的,时辰到了!我不会逆向明天
在荒芜之途滞留片刻
我的柔软的心灵将告别犹豫
在一首抒情诗的起始
我对自己说:结束了
这不是选择,是接受

除了自我
这个世界没有任何救赎

2017年9月11日零时,于赤峰新城

敬重时间

翡翠一样润,棉一样软
曾经的河流,抚摸雨日的手
接住一瓣落花,那种年华
曾经给了我们什么样的感动

我记得某种时间在亲吻中凝固
年轻的唇!是秋天
玉米已经抽穗,在古城远郊
马车穿过雨幕,渡河者没有回头

那时,我们同在感觉的峰峦
原野上色彩斑斓,还有那些大树
像父亲!而河畔的高粱
已经如燃烧的火焰

我想告诉远方的儿子
你会平安!在昼夜相随的恩泽中
你奔跑在蒙古高原,我感激恩赐
我的儿子,那个曾经的少年

2017年9月12日零时,于赤峰

接受不是领受

我已经听到石头的语言
岩缝间的树,山崖上的花
山谷里的人家

我已经接受
时间燃尽一段时间,复活一段时间
死去的柳枝,新生的柳枝
阳光与阴影,来与去
歌唱与寂静,雨和空

我已经失去旧路
一枚松塔失去枝头,冬失去秋
废弃的木船失去了河流

2017年9月12日晨,于赤峰

九月：我与故去的母亲

不能不说土地的叹息
在一道高粱，我成为九月的点缀
可有可无。我成为倾听者
突降的小雨，如此贴近我的心境

在老哈河北岸
荞麦花谢了，谷子黄了，蒿草正绿
点燃一支香烟，突然点亮一刻时间
我看见一个少年
在燕山之怀刚刚入眠

2017年9月15日夜，于北京

神与神子

仰望苍穹的少年,在神的领地
还没有成为可汗

蒙古高原,鹰的上天
取火的母子翻过一页严寒

马背上的生涯始自血的祭礼
在克鲁伦河边

2017年9月17日生日前夜,于北京

感恩，在风的边缘

当九月的风到达某个边缘
我的今日有些悲苦，生我的人
已在边缘的边缘
将我遗失人间

秋草涌动，破碎的光如水
如九月的雁鸣
祝福我的人呐，你们都是我的亲人
在这光影并存的尘世
我们，在时间中
像婴儿一样美丽
饮着母乳

2017 年 9 月 18 日生日之晨，于北京

我的宁波

我的安宁,雨,我的微波
宁波,三世修行,才可拥你入怀
听天一阁秋雨
高一声,浅吟一声

听午夜窗外
未睡的人,他们在等待什么
酒,酒歌,夜归人
我的宁波
我的弟兄们,在酒后散去
你的奇妙也是契机
是最深的魅惑

到雪窦山
宁波,你的另一种安宁
让我回到晋代,江边的渔家女
正在收起晾干的衣衫

在北方落雪时
我的宁波,我会重返

2017年9月24日,于合肥

在长调之后

自然的美丽
在永不褪色的荣誉中成长为柳
柳的气息与柔软,柳的江南
对应胡杨放射金色的额济纳
今夜我是一个少年
憧憬神秘的路径

你的路径被时间遮掩
美丽如初
我所渴望的荣誉接近本真
就如胡杨的金色,我的指纹
在午夜感觉流动的温柔

2017年9月26日午夜,于合肥

雪窦山

需要什么样的力量才能破解雨雾
九月,我是朝觐者
我听到先人的脚步声
坚定,有些急促,像呼吸

像持久的缅怀
香樟与松,像亲爱的兄妹
那些不朽的人啊!雪窦山
你是否还能记得他们

有一种无尽的相思随树木生长
雪窦山,你的楼阁已无故人
远方已无战事,有一种时间
已经闭上眼睛

2017年9月27日,于合肥

在雪窦山下

就要来了
幻觉的船隐去,岸上将不再有人群
那是你熟悉的火,它会脱离灶膛
在你能够想象的任何一个角落爆燃

就要来了
曾经骄傲的心将进入漫长的雨季
是暴雨,是另一种火焰
纯洁的人们,请珍重泪水

就要来了
我的佛!请不要远走
在曾经香火旺盛的庙宇,比如
在雪窦山下,请护佑你的信众

2017年9月28日晨,于合肥

回顾：午夜的确认

我深深敬畏的江河流淌了那么久
江上人家不识岸上的君王
晋代的雅士踏雨而来，奔赴前世约定
岸上的君王身着布衣
被美丽迷醉

江上的渔歌就是一位女子
渔火也是一位女子
所谓君临就是抵达
美丽就在那里
与往昔无异

那夜
在甬江边，我所想象的君王
早已离去。在午夜美丽的舞姿里
我确认一种真实
比如暴雨停息

2017年9月28日，于合肥

在山谷湖畔

被一股激流击中
你躺下,任江山变幻,水调歌头
你躺在波涌上
在一道奇异的光里
你变得自由舒展,如一尾鱼
也像陶醉的女巫

你点燃黑暗
在缓慢上升的温度中,你喊了一声
那是一个名词,非常接近父亲
你用心感叹:驾驭者啊,因为你
我爱这被焚烧的黑暗
雨落山谷湖畔

2017年9月28日,于合肥

九行:风景无限

江上的风景,水中的风景
在君子的约定中,到了午夜
美丽的地平线进入安宁

江上的时间没有停滞
君王睡,智者醒,骑士行
我在这里等彩虹

红,在江上
生动的,鲜活的,舞动的,君临
这魂啊!美丽着,感动着,无关永恒

2017年9月28日夜,于合肥

一个蒙古人的信仰

我的信仰不在语言的表述中
在时间的断层,肯特山
年末的雪,干净的冷
迎接黎明

我的信仰不在耶路撒冷
在哈拉和林的六月,高原的云
都不愿远行,蓝白的天
俯视的眼睛

我的信仰不在焚香与跪拜里
在勒勒车移动的前路
我的先人,肩上的鹰
睡意朦胧

2017 年 9 月 28 日夜,于合肥

夜海,那边的凉州

距阿拉善近了
胡杨的金色睡了,额济纳也睡了
我的诗词托起的凉州没有睡
在河西走廊,古老的时间
走过此刻,在夜海那边
在心愿上边

此刻
我还未启程,在岁月的巨书里
我还需阅读两页,就两页,两天后
十月也就到了。阿拉善
我会在你的右侧凝望凉州
感觉古代的词人
驾风而至

夜海
那边的凉州已入晚秋
我在华北,燕山之怀,轻轻
翻动一下夜幕,就可回到光中
只见长袖起舞
舟行潮头

2017年9月29日夜,于北京

九月三十日

如果我奔跑,或沐浴
我就以肉体的名义向你致意
告诉你一种光辉
如何成为人类的安慰,这共同的语言
通过充满暗示的手
触到幸福之岸
但没有尽头

如果我歌唱
或在自由之旗下泪流不止
我就以心灵的名义为逝者追魂
每一朵花儿都很孤独,每一滴泪
都很透明

如果我带着你推开陌生之门
或回头看你一眼
就是时机到了!所有的一切
早已存在,只是
我们迟到了
已太久太久

2017年9月30日,于北京

信

我想给你一些高贵的东西
诗歌就是。我想让你透过淡淡的感伤
确认一种态度
比如阅读的眼神,如何决定心的方向

请在尘世的躁动里走出来
但不要隐藏。让心静下来就好
请不要置身其中
面对杂陈,也不要烦闷恐惧
我想给你一些高贵的东西
牧歌就是。我想让你
在苍凉的旋律中发现牧途
风雪中的母女和羊群
以怎样的姿态穿行严寒
在北方以北,绳结上的岁月
浸着汗水泪水的目光
为什么那么沉静

离开这些
我几乎一无所有,是诗歌牧歌高贵

我很平凡,行走人海
你不会看到我的踪迹

2017年10月1日夜,于北京

闻风而动

现在
众神的星群闪烁，在阿拉善
安宁如水的午夜
我给你一个故乡，给你十月的辞
旧时的凉州距我四百里
我辞如翼，如吻，如轻轻耳语
说这活着的巨大的欢愉
是上苍所赐

现在
酒后的长调消隐，在窗帘的浮动中
我倾听，从遥远之地
一颗心灵醒着啊
像奔跑的火，但不会伤及大地
那奇异与美丽

现在
你是我的地平线，我相信一个预言
从前世启程
我长久等待的意义，被生动揭示

这是一粒微尘的宇宙
在阿拉善,一粒微尘融入另一粒微尘
就是奇迹,如水,如歌,如泣
如午夜的潮汐
相拥的手臂

2017年10月3日零时后,于阿拉善右旗

曼德拉山

它们没有醒来,也没有沉睡
它们在歇息

它们
曼德拉山周边灿烂的石群
臣服等待,那不是预言,也没有诅咒
那是一瞬间决定的群体的静默
它们保留鲜活的神态
我们到来,我们离去
它们不为所动

它们睁着眼睛
我们说,那是石头的眼睛
它们的身躯上刻着苍老的岩画
我阅读时间的心情
我阅读它们,静卧三万年
岩上的手印,手印周边隐约的红色
足以证明,有一种复活
已经飘散出年轻的气息
我能感知的恒久

不过是一闪一瞬

曼德拉山
我来了,我走了,我回望
你的岩画,你的掩于纵深的符号
仿佛发出鹰鸣一样的声音
在阿拉善,这样的夜晚
不知有什么被你举火点燃

2017年10月3日夜,于阿拉善右旗雅布赖

曼德拉山岩画群

如果天降圣雨
一阵雨跑过曼德拉山谷
就会惊动一群精灵,它们
脱离岩画的鹿,骆驼,还有神圣的鹰
守护九颗太阳的少年,都会歌唱

我相信存在隐语
像阿拉善佛寺的金顶,自由的云
高原上突然涌现的地泉
这些精灵遵从天意,它们注视
至少十个方向,总有一天
从十个方向,会有十个上苍的遣使
来曼德拉山前传达十个口信
命它们同时复活

到那一天
曼德拉山下水草丰美,岩画上的鹿
终于回归母群
而我,早已进入另一个梦境
与风同行

2017年10月4日上午,于巴丹吉林沙漠

巴丹吉林变奏

不能不说你的曲线
你的柔软的质地，你的肌肤
你的脊，像雕刻一样，像少女

你修长，浑圆，你淡淡的金晖
在长天下浮动
但不见你的玉臂

不敢触摸你，怕你幻化
三万里凝思，不及你安宁而卧
而巴丹湖，你的泪如此动人美丽

不能不说朝觐的心怀
你臂弯的骆驼，光阴，草
你飘着异香的呼吸

在十月的巴丹吉林
你，阳光与风中的少女
一览无余

2017年10月4日上午，于巴丹吉林沙漠深处

巴丹吉林之夜

我的妹妹
你难以想象长风之翼,在哪种时刻
停在巴丹吉林以南
之后,生命中温暖的灯光亮了
年轻的心灵
热恋着星群

我的妹妹
你难以想象高原灿烂,一切都静着
夜晚的巴丹吉林,星光辉映的圣地
旧时的马鞍上嵌着白银
酒碗里沉淀英雄的泪水

我们在牧歌中仰望
在时间的边疆
巴丹湖闪闪发光

我的妹妹
这就是崇敬!我们曾经拥有
曾经失去,曾经寻求,我们平凡的语言

在巴丹吉林之夜
成为敬奉的香火，我们举杯
向伟大的魂灵致敬

我的妹妹
此刻，幼驼山峰倚着夜色
你倚着传说：在很久很久以前
庞大的马队横穿巴丹吉林沙漠
预言者，那个站在巴丹吉林夜晚的人
手指星群，为今夜
含泪预言了这一时刻

      2017年10月4日下午，于巴丹吉林沙漠

额日布盖峡谷

鲜红的,时间的积层
没有水的河谷
崖顶的草,阳光,天空
我的部族依赖长生天的倾诉
没有脱离我们的源流

我们赴约
十月,阿拉善大地酒歌依然
年幼的驼峰,摇动依然

顺着步道前行
在蒙古牧歌永恒的音符中
阿拉善接纳了我们,我们
分布在蒙古南部的儿女
内心深处的感激
无须话语

此刻
巴丹吉林之夜,我的第二首颂辞
在先祖的指纹里

在干净的爱情里
我的牧羊的妹妹刚刚入睡

额日布盖峡谷
朝向天空的石蛙，它微微张开的诉求
就是我们语言：额日布盖峡谷
如果有水，有飞瀑
有绿色的草与树木
就会有幸福的叹息

所有的一切
都服从天意

        2017年10月4日夜，于巴丹吉林沙漠

阿拉善：时间辞

在一盅冰臼里
阿拉善与水相融，她送来胡杨
巴丹吉林，曼德拉山岩画
手印，额日布盖峡谷
永远年轻的爱情

她送来清晨的雁鸣夜晚的风
错落有致的骆驼草
少女形体的沙丘

我无声的泪水滴穿岩石
一匹无鞍的蒙古马奔过雪季
追寻年轻的驿使

在蒙古西南
沙葱正经历旱季，居延海瘦弱
从额济纳到巴丹吉林，古老的仪式
走向午夜，新婚的人
侧耳倾听大地的声音

牛不见啦
牛角支撑起两寸天空
骆驼的族群,衬托仰首的群峰

2017年10月4日夜,于巴丹吉林沙漠

蒙古：血脉手足
——致诗人阿古拉泰

寻着河床的记忆，我们抵达源头
兄弟，我们安宁尊贵的血脉
涌出北方沙地

我们的族谱充满玄机
这不可斩断，光阴的刀斧
望着飞翔的箭镞
兄弟，我们承袭光荣
在一行珍贵的诗歌里
我们的祖母永恒安睡

蒙古马的前蹄敲开世界之门
颂歌唱响啦！十三岁的骑手
扬鞭飞过十三世纪
兄弟，在寒冬午夜
母狼的眼睛饱含慈悲
它在觅食，躲避
可能出现的一击

在阿拉善
质朴的风捧着一缕夜色
一杯酒里沉淀怎样的往昔
兄弟，十月，在北方
哈拉和林的大雪
挽着奇异呈现的天际

兄弟
我们是血脉手足，如相对的毡房
扎在祖先的营地
如南北，如车之两辕
雪与夜的色彩，是我们的眼神

      2017年10月5日晨，于巴丹吉林沙漠

乌库础鲁手印

我听到了召唤
一个金色少年,在乌库础鲁
看着先人的背影,那些手握石器的人
水和泥土之子,少年的父兄
将神的旨意刻入岩石

阿拉善,乌库础鲁,岩石上的手印
一万年风过,三万年风过
石杵的声音浸入手印深处
在岩石里存活

那个少年
在崇高的心愿里成长,崇高的
鲜红的基因,在伸展的鹰翅上
在人的尊严的背脊
留下永难破解的图形

而乌库础鲁手印
等了我数万年!那个裸体的少年
阿拉善少年!他呼唤我

透过一峰幼驼的双眼
我看清了他的容颜

他说
活着啊,就是每一天苏醒
乌库础鲁手印每一天都会苏醒
你要倾听阿拉善古老的心情
在掌纹里流动

2017年10月5日正午,于巴丹吉林沙漠

乌库础鲁的心灵

就一个瞬间
我们就走入乌库础鲁的心灵
在铺满阳光的岩石上
我寻找遗存,不仅仅是岩画
当云的暗影移过山石
我寻找马,马的主人和鹿群
我寻找凄美的传说
阿拉善女子等待的时间
那个过程,我们只能想象
乌库础鲁的心灵
一些手,指纹,掌纹
曾经纵横的
如今消失的道路

那个下午
乌库础鲁的心灵幻化为云
云下的阿拉善,十月
如约而至的我们
在时间的节点上把目光交给风
把崇敬交给眼睛

那些曾经的人永远消失
他们进入乌库础鲁心灵的深处
通过岩石上的手印，他们对我们说
曾经的存在，繁衍
伟大与平凡的时刻
曾经的感动与幸福
还有亡失，都属于乌库础鲁的心灵
如今，这一切
都与天地同在

2017年10月6日下午，于武威民勤

巴丹吉林的星空

尘埃已落,勒勒车的轮影
出现于星际,车上的先人们已经往生
其中最小的女孩
曾经是我年长的祖母

我在午夜目送远去
静悟梵音,娑婆世界,活在
星光之海的种族,她最美的女子
曾经在人间拥抱我
在蒙古高原的冬季
她教我认识一颗星
又一颗星

我在巴丹吉林仰望
风有些冷,只要用心,神意的对语
就离我很近!风中的窗子
星光之间的窗子,窗子两边的圣童
他们歌唱,以无限古老的音调
告诉我未知,在未知的前头
仍是未知

我的感激瞬间成海
但是，在巴丹吉林星空下
也就是泪凝一滴，遥想高处深处
这样的光应有七彩
其中的金黄，是我
充盈信仰的赞颂

一定有一个神女
在巴丹吉林星空下陪伴着我
她干净，美丽，素雅
她一袭蓝裙，她对我暗喻
在星光隐去后，天堂般的阿拉善
依然是蓝天碧空

2017年10月7日正午，于武威凉州

父亲

——祭奠一颗仁慈的亡灵

父亲
在一角天空照耀的地方
你给了我不可改变的姓氏
你和我的母亲,给了我相同色彩的
肌肤,语言,还有心地

父亲
和人类所有的父亲一样
你用劳作与爱撑起我们的屋宇
我记得那些日子,平凡的
绝对幸福的日子,因为你
我成为家族之河的分支与下游

父亲
你也给了我指纹,印在地上
是我对恩赐的表达
举起一只手,我感激风,风中的故乡
我的另一只手向泥土低垂
恋着你,父亲的根系

父亲
如今你我相隔生死，我的两只手
依然以那样的方式敬奉天地
这不是常态，是象征
如果我远行异乡，如果我入睡
我会以血脉的名义感觉你
父亲，我的永恒的
风中的声音

2017年10月7日正午，于武威凉州

九九归一

九朝心愿终会应验
九条河流,九个少女
九天白云与星群

九九归一
今夜,有神示我,我的后人
将活在祖父的预言里
幸福美丽

2017年10月8日晨,于武威凉州

阿拉善：岩画中的蒙语

曾经有九颗太阳，留下一颗照耀万物
耐渴的驼群在山崖下歇息
人，箭镞，鹿
那些精灵
多泪的母驼守着幼驼
它们看着天空，阳光灿烂

鹿在舞蹈，一个女孩正在学步
阿拉善，岩画中的蒙语
母亲的独白就如古老的诗句
那些深情的，有些苍凉的语词
在石头的纹理间形成河流
降生啊！母亲低语
凿刻岩画的汉子
脊背上淌着汗水

岩画中的蒙语
被我一再拜读的隐秘，一个民族
浪涛一样起伏的心绪
没有被时间风蚀

箭手，骑手，猎手，牧者
独白的母亲
他们在岩画的蒙语中永生
表情坚毅生动

岩画中的蒙语进入牧歌
进入巴丹吉林之梦
进入风，高举深秋的雁鸣

2017年10月8日正午，于武威凉州

在西凉会盟遗址

我脱帽,本来遥远的亲人近了
是我的先祖
在这里拥抱了西藏

我的先祖以高贵的礼仪
拥抱萨迦·班智达,这不朽的智者
这个时候,少年八思巴
在西凉的风中奔跑
他手指西天苍云
说了一些话

西凉会盟
广袤神秘的人间高地选择了和平
我进入,进入一种庄重的声音
进入承诺,进入盟誓
进入先祖的智慧与笑容

今夜凉州落雪
这是天意,清凉的,洁白的雪
让我亲近久远的语言

在会盟遗址,在遥思深处
我面对少年八思巴
他在庭院里,在祁连山注视下
在会盟的仪式里
选择了道路

2017年10月8日夜,于武威凉州

巴丹吉林：夜曲

一切都幻化了
与人类无关。此刻，凌晨三点
密集的，有序的，仰卧的，诱人的
你的沙脊两侧舒缓而柔软
你将微微而动的玉体
展示给星群

我在凉州
入夜的雪突兀而至，我想你
巴丹吉林，你的夜曲，你深处的美
一泓清泉犹如处女的眸子
清澈，安静，对着净空

骆驼安睡
有流星闪过，这天上的箭镞
失去一位英雄！他驾光而去
再也没有回返
还有多少神秘等待洞悉？
入夜，我突然惊醒，是一道门
我独自跨越，我什么也没有惊动

我从苍茫的往事中回来
一个少女在梦里啜泣

一个少女！巴丹吉林
你当然记得她的姓名，我也记得
她曾经微笑，在灯下蜕变
她曾经说：我的爱人呐
你回来！我们在一起
就是全部

她的声音
是你夜曲中最动听的部分，像水
像泪，像遥远的初吻
像凉州此刻触地融化的雪
巴丹吉林！她在你的南面
是娇小的沙丘
透着纯净

2017年10月9日凌晨，于武威凉州

有一天

有一天
一种符号消失,另一种符号
出现在穹顶,或残缺的墙壁
一定会有一些歌声消失
另一些歌声随之诞生

有一天
刚刚获得真实幸福的人
谈起另一些歌声的悲痛,他们
在亟待康复的自由之地点燃蜡烛
一些老者,不愿回望艰难的记忆

有一天
大地上的树木,用林涛
向一些灵魂致敬,那个时代的诗歌
成为悼词与祝词

有一天
这个世界已经没有我们
我们,在泥土或天空微笑

希望有一场细雨飘起
彻底洗净我们的遗痕
让那个时代的孩子们感觉幸福
不留遗恨

2017年10月9日深夜，于北京

凉州别辞

鸠摩罗什,在你献身西凉的时代
祁连山的雪线细如蝉丝
就如悬在天宇。你的理想
就是远大前程。向西
一路香火不绝,圣洁的女子
在前头引路,在她出嫁那天
她独自默诵经文

凉州会盟遗址
百塔寺,男人的承诺关乎高原大地
十月,我在圣地想象少年八思巴
他的叔父,在了却伟大的心愿后
选择了圆寂地

天梯山
后来的水没有将你淹没
佛在,佛像在,佛缘也在
刚刚离别你,凉州十月的雪纷纷飘落
我在凉州街头,在灯光里
感觉一种时刻已经临近

马踏飞燕
是这样吗？在很久很久以前
一些写诗的人和我一样
在离别的夜晚
遥望玉门关
尘埃依然

2017年10月11日夜，于北京

凉州

还有多少神秘,我无法洞悉
描述玉门和祁连的诗人
已经进入永恒的夏季
感叹一声,只为天地

2017年10月13日,于北京

泪光中的颂辞

为无边无际的相思苦念
花蕊上的泪滴;为世世代代的疾苦
掌纹中珍存的自由与幸福
为一缕春风揭开的大地之忆
逃也逃不脱的宿命
为黑暗的帷幕
被轻轻掀开一角
盲人在午夜里唱诵光明

我们必须尊重时间
过去的,现在的,未来的
一切,都未被湮灭

为所有可爱的孩子
他们干净的语言,笑容,双手
生命中的珍贵;为奇迹一样的降生
庄严或无言的死
为某种目光倾吐的热爱与无奈
带也带不走的缺失
为沉默的背影

一再亲吻的山河
一定有人在暗夜里哭泣

我们必须相信心灵
火热的,孤独的,悲痛的
一切,都深怀崇敬

       2017年10月13日夜,于北京

正午的诗篇

你肯定会感叹巴丹吉林的圣泉
在深处,无形的手臂
在与什么相拥。这远远不够
你只能通过一个梦境
感觉幻化就如雪融为水
在每一天,鲜红的太阳都会升起
或垂落于优美的沙峰

肯定是这样
人,骆驼,在圣泉之侧
肯定会有重叠的时间与画面
所谓等待,是时间与心灵的成长
让什么陷入静默

你能遥望的起伏,那金色的
谶语一样的,有些绝望的世界
实际上饱含泪水
在巴丹吉林,我没有许下任何心愿
我知道,在脚下,在远方
在欲望的峰峦与沉沦的谷底

肌肉会被时间焚尽
骨头终会变为粉尘

肯定是这样
星空,宿缘,赞美诗,一个女子
在巴丹湖畔留下影像
她走了,她绝对会忽视
曾经迎接她的众神

    2017年10月14日正午,于北京到长沙高铁上

远途之侧

你神秘的,仿佛铺着薄雾的所在
尚无人识。你的宁静下的火焰
照亮一隅夜空。你独舞
展示水的属性

你的蛇一样柔软的肉身
令人怀疑的毒性,实际上并不存在
这是对你的诅咒

还有金光
它柔和,充满原始的欲望
它源自你的血液,在强大的意念里
一万匹马奔腾,你独守
幻听纷飞的箭镞

什么也不说
只为迎来火山般喷发的一刻
之后,你就幻化为美丽的花朵

2017年10月15日,于长沙

抒情年代

麻雀没有改变,它们成群斜飞
依然鸣叫着,在日暮时分沉重的光中
从大树冠顶飞向钟楼

几个人坐在假山上
背对落日之空,他们并排坐着
面对还没有燃起灯火的古都
一个人说:好像一切都在改变
另一个人说:包括我们

北海,白塔寺,景山
不能不说故宫,中轴线,向着北方
已经到来的雪季
这条路,最终消失于尽头

你看
一个人说:灯亮啦!
另一个人说:天凉啦!
他们坐着,在假山上
在他们热血流淌的峰顶

一个抒情年代
已至暮年

            2017年10月15日夜，于长沙

今夜有你

你不要认为
你的当下就是一生,不是的
你可以回忆你的过往
充满幻想的岁月
一朵花儿开在水边

你可以看到
母亲的,后人的,你的一生
如果你不服从天定
你就忍受无边苦痛

今夜
你的人生已经超越此刻
此刻,你要微笑,如你的青春
那种纯粹的年华
包括你对爱情的想象

你要笃信
你的今夜,必将承袭珍贵的品质
敢于面对

这是缘
别抗拒

明天
关于后天的衡山,相遇注定
大概在午夜,你会为必然的相逢
敞开胸怀
感激此生

2017年10月17日夜,于长沙

关于微尘

我们
是自由地飞,可能有泪
那是天雨,无须翅膀,粉碎大地

我们
在一个前定里,是亲人
相约必然的时刻,不可提前
不可延迟

我们
相会相拥在雨后,在夜晚
举起透明的红酒杯

我们
微尘里的微尘,自由的,轻盈的
可以主宰的现世,感激这气息

目光笃定
我们是三世的亲人
没有誓约,只有相亲相融的血脉
向着高处与源流飞升

2017年10月17日深夜,于长沙

少年八思巴

七个世纪
北斗七星下的西凉,你少年的心灵
早已经超度

幻化寺
你,来自西藏的少年,在西凉星空下
遥望祁连接过圣旗

我不知道
你在西凉萨班留下什么样的记忆
你少年的身影嵌入泥土,终成慧根

2017年10月18日夜,于长沙

凉州以西

我只能想到玉门，最远至嘉峪关
我的起点也不在凉州

我的起点在一条河流的发源地
是安静的水，与今天也没有不同
可它在高处，叫蒙古高原

西凉
我的先祖们曾经的营地
向西，如今静默的，苍茫的
说一语成谶，还要回到世道人心

向西
你可能会遇见骑马的人，在他们
神秘的基因里，某个黄昏
绝美的女子轻声歌唱
长风涌入未关的城门

2017年10月19日，于长沙

活一世

你要珍重无形的菩提
它在果实里,在枝头上,在语言
无法穿过的大念中熟睡
像小小的圣婴
在你尚无获得的恩典里
它是远途

举香过眉
朝四个方向默拜,风在八个方向
有一种声音
在桂树上成为色彩
让你嗅到异香

2017年10月20日晨,于长沙

凉州：百塔寺上的夜空

两个贤哲相对而坐
在星光之河的舟楫上谈笑风生
七百年，他们将大片草原移到天上
在大地云影里，有珍贵的马
几乎灭绝的银狐
有孤烟点缀的时间
进入凉州词

他们在比云端更高的地方交谈
一片完整的大陆
一隅高原
峰峦，雪，青草，祁连山下的生活
在更远的所在
木棉花鲜红，如他们的盟誓
血一般的语言

无须仰视
我就能够感知存在，两个贤哲
在凉州百塔寺上空
对人间打着手语

只能这样,时间的帷幕
除了空,还有怀念
如雨落祁连

           2017年10月20日,于长沙

在衡山想到恒河

马的旅途,骆驼的旅途
水与火的旅途铸就一颗泪滴
在衡山佛塔下,我敬舍利
我敬高大笔直的松柏
一颗心灵的历程

我想到恒河
恒河之子,被我们敬奉为如来
这天地广大的恩宠
人类,以怎样的虔诚表达苦难
渴望获得一个圣杯
至少能饮圣杯里的水

在最高的地方
一片雪花飘落就是新的高度
冰雪融化,水流低处
水流恒河。在今夜衡山
我敬众佛,我刚刚对年轻的儿子
说了血脉亲情
我说一生一世都要珍重
他这样回答:嗯,我懂

2017年10月20日夜,于衡山南台寺

南台寺之晨

你听
风走过树梢的声音,树梢
向微明的天空致意
你听晨钟,香火的声音
岩石上的苔藓,时光的声音

你听衡山
伸向平地的山谷,张开的怀抱
拥着什么?你听金刚塔舍利
曾经的肉身远离尘世
终成正果

你听宝殿飞檐
一闪一闪的岁月怎样流逝
我听遥远,在南台寺之晨
我想到祁连山脉与十月的凉州
白塔寺会盟地,少年八思巴
就在那里

就在那里

我依稀看到东海普陀
这世间三点,在尊崇的佛光中
成为永恒的金鼎足

2017年10月21日凌晨,于衡山南台寺

我的风暴

我隐藏风暴
它在我的内心,掠过平原进入山谷
在摇动林涛后抵达海岸

这是我的宇宙
我还没有说河流,城池,麦浪
我的星群在风暴上面
日月在心海两侧

我的风暴
在绝美的山巅吹动花朵
花瓣飘向静湖
我是观望者,你会看见我的笑容
我对人世沧桑的态度
我能够主宰一个方向
某个过程,在隐约的圣乐中
我会对你描述幸福

是以指纹的名义
无须语言,我的风暴确认生

确认入睡就是死
醒来就是复活
我的风暴不是火焰
但可以燃烧

      2017年10月22日，于长沙

在不老的时间里

一匹马奔过西凉的黎明
雁群惊起,一个诵经的少年
身影,融入塔影

祁连山脊闪亮,瞬间掠过
玫瑰红变为金黄,雪在远方
心在远方
怀念已经苍老
曾经无比美丽的青春,奔赴于
理想之途的年轻的心灵
多么像一季的花朵

鹿群消失
寂寞的猎人正在老去,曾经的森林
正在远去

沧桑尘世
何处埋忠骨?用血,用泪,用献身
追寻的方向
已无人迹

我经过白塔
有很多次,在燕山下的古城
在凉州,在塔尔寺,在不老的时间里
我追念年轻的信仰
他们的笑容

       2017年10月23日,于长沙南城

梦中蒙古

我的祖先的早晨
在一行边塞诗中迎接雪,大雪
飘落圣地西凉

在左右之间
额济纳就是东归,泪水的河流
源自中亚

卫拉特,流浪异域的部族
她的信使在刀锋的阴影里走了七百年
至今也没有抵达故地

伊金霍洛,年迈的牧人
对他的晚辈描述巴丹吉林
时间从沙山一侧流到另一侧
就是一年

科尔沁黄昏
出嫁的女子凝望老哈河,燕山余脉
她歌唱,鹰翅光洁的翅膀

托着忧伤的音符

北方
肯特山呈现净水,河流奔向贝加尔湖
乌兰巴托星夜,仰望的人
在银河岸边看到马群
年轻的智者正在饮水

应昌路
生我的地方,达里诺尔已经进入霜季
克什克腾遥望呼伦贝尔
就如想念亲爱的姐妹

阿尔山未睡
它在等什么?我在梦什么?
苍茫深处寂静无声

      2017年10月23日午夜,于长沙南城

远远近近

应该是我一再阅读的天地
横穿沼泽的马驹,在蒙古高原
成为古老的口信

我听见了肌肤的呼吸,水与火焰
关于你,你所替代的隐喻
瞬间还原为真实

就那么一刻
距离,醉一样的夜,完美
已经无关远近

2017年10月24日,于长沙至合肥高铁上

蒙古女孩阿茹娜

在你身后
丛林那边的人间,河水接住尘埃
光接住清冷

你,遥远部落的公主
在凝视亲人,你纯真洁净
曾经出现在图腾中
是一个预言,被充满仁慈的部族
敬奉为神的女儿
他们曾经倾吐
在牧歌中

这一刻
神就是树木
蒙古女孩,我在你的远方
感激降生

2017年10月24日,于长沙至合肥高铁上

独酌夜色

没有归途,思慕通向云端的路
我的午夜,就如最初

我的灯光下的此刻
皖南睡了,倚着群山花束

2017年10月25日深夜,于安庆怀宁

再祭海子

没有任何力量将你复活
你走了,我来了,臣服定数

永远年轻的你,对我说死亡
绝不仅仅是鲜血凝固

2017年10月25日夜,于安庆怀宁

没有可能

怎么可能
石头的语言肯定会开花
蒙古马一定会走天涯

怎么可能
自由的手肯定不会高举晚霞
但会恋着妈妈

怎么可能
独自远行的魂灵,流泪的魂灵
会微笑着说话

2017年10月26日夜,于安庆怀宁高河

今夜，怀念京京

你就这样看着我
你的忧伤的眼神，你的光洁的毛发
你曾给我启悟，在人间
你曾给我路

你呐
你曾比我更依恋春天，那样的温暖
你走在前头
我注视你，怕你脱离视线
遭遇不可知的危险

此刻你已经走远
大概在天间，在光芒的照耀里
你回头，依然是昨日的眼神
似在乞求，窗外阳光灿烂

2017年10月26日夜，于安庆怀宁高河

他乡梦遇

都被线牵着,其中一条在少年手里
他顺着圆行走,是逆时针方向
他们都在圈内
是泅渡夜海
我睡着,在玫瑰色的光明中
有人轻声道一声平安

我们都不熟识
若我醒来,那个时刻就在遥远之地
应该是午夜,在平原上
不知名的河流缠绕在山前
这让我想到线,断线的风筝
绳索,被捆绑的人
捆绑别人的人

那个少年没有笑容
有人哭泣,是一个年轻的女人
有人试图逃奔,表情狂怒

我在线外

我一定在隐形的线内,没有疑问
梦就是一条线
它的两端没有尽头
关于某种疆域,如此模糊

2017 年 10 月 28 日,于安庆至芜湖途中

天晴五日

在柔和的光辉之上
在星群之上,等待密集的雨
天晴五日,众神栖息的天柱山
巨石上的语言,水,松树
告诉我神的家园,安宁就是秩序
那一时刻,在神力的托举下
我远眺湖北与中原
我的亲人们!我想你们
我一瞬的忧思飞越千古
刀斧斩不断这风
也不能扼杀梦境中的鹿

天晴五日
我在江南倾听雪飘,我的亲人们
这世界,灵异不会轻易出现
在天柱山顶
我抚摸巨石
为你们祈福

2017年10月29日,于芜湖

父母之邦

以太平命名的湖
以柔情善待的生命,以蒙古马
命名的旅途,母亲的牵挂
是我们行走的天涯

以前世之缘命名的今世
以菩提为珍贵的信物,以山茶花
命名的朝夕,父亲的沉默
是我们一生的泪花

2017年10月30日夜,于黄山太平湖畔

黄山诗

我能感觉到一些亲切的存在
马群,牧人,天上的人类
都很近

我的身后是万仞之峰
神语穿行松柏,寂寞的贤者背对落日
也背对我
我在高远的想象里,三千年之后
他在丹霞峰等我
不肯与我面对

黄山日落
那一刻,只见万山红遍,就一瞬
我听到霞光与昏暗摩擦的声音
风在山脊上奔跑的声音
但没有他的声音

入夜
在丹霞峰下,隔墙可闻人语
我在想象光与风的故乡

想象在某一棵松下
会出现什么灵异

一夜之后
如果不能在梦中与贤者相遇
我就离去

      2017年10月31日夜，于黄山丹霞峰下

与贤者说（一）

我与你握手
在两山之间，隔着云雾与大峡谷
在我们手臂的桥梁上流过水与时间
马车上坐着一些不语的人

孤鸟在我们的手臂下扶摇
它黑的翅，红的喙
仿佛飞越火焰的鸣叫，在日出时分
它阅尽峭壁林海
我们相遇，你的预言已过千年

万世浮尘已如灰烬
雨，暴风，女子一样的雪在怀想深处
它飘逸，与肌肤相融，与树木相近
你在无限美丽的心愿里站立
一条大河缓慢流过手掌和语言
蔚蓝之水就在我们上空

我站在光与岁月的峰峦
我们握手，我看不见你，你隐形

只见群峰耸立，大水远逝
空谷静谧，不见桅杆

      2017年11月1日晨，于黄山丹霞峰下

与贤者说（二）

你不会留在那里，你让我
在晴朗的七日里选择了相会地
选择黄山，每一座峰峦
都如默者，它们眺望着
没有忘却水的记忆

午夜
丹霞峰顶出现银白色的光
是微动着的，像水
那一时刻的群峰
像无以诉说的人类

现在，我知黄山群峰渐远
我知你归隐
我知一片岩石经历的沧桑
有多么忧伤久远
我知岩缝中的奇异不仅仅是树
还有曾经飞舞的尘土
被根系紧紧握住

2017年11月1日，于告别黄山时刻

夜记：黄山词

那些挑夫
应该成为种树的人，耕田的人
守望一园果实；在田间稻谷成熟时
确认自己的孩子正在长大

我向那些松树致敬
从此不再说艰难；它们在斜坡上
在峡谷里，在峭壁的岩缝中
告诉我时间，是多么安宁的仁慈
岩石上最小的幼树
松林家族的女孩
秀丽洁净

七十二峰
大地最美的七十二姐妹衣着素雅
亭亭玉立
待字闺中

2017年11月1日夜，于黄山至合肥高铁上

岚

我已听到一种声音
从普陀山开始,到雪窦山,凉州
白塔寺,鸠摩罗什寺,天梯山
衡山南台寺,六处圣地
那种声音一路伴随

是降临
是恩赐,是充满感动的心献给天地
我的时间在一片缓慢成长的叶子上演变为诗歌
在我六十岁这年
岚,是圣灵一样的氤氲

我的亲人啊
我的亲人们!我的遥远亲近的
生活之海,闪耀的早晨与夜晚
那种声音是我的光
我的灵一样的雪花
终会拥抱河流
接受天宇庇佑

2017年11月2日,于合肥

焚香之念

在午夜过后
我对黑暗中的神灵说
对饥饿的记忆,不会改变
一匹蒙古马追寻故乡,也不会
改变我的崇敬

马的追寻就是我的追寻
在贝加尔湖畔牧羊的长者
等待远行的人
那个执意将十年岁月献给路途的人

我对岚的描述
源于心,源于我的笃定,我需要
一个时刻,那是音讯
穿越十个世纪
终于降临

2017年11月3日夜,于合肥

蒙古高原风

不是你听到的云的声音
不是草动,是我的蒙古马穿越尘埃
在母亲的河流边收住前蹄
以最美的嘶鸣
止住疼痛

不是你看见的树梢摇动
不是大水波涌,是我的蒙古马
在燃烧与灰烬里呼唤世事
以飞的形态
告诉你永恒

不是你感觉的雪
飘落山南,在山北亲吻前一片雪
在黄昏图解雁鸣鹿鸣
以晶莹的凝固
直面严冬

我的高原的风
在人类安睡时走过没有痕迹的长途

到我的降生地
轻轻覆盖达里诺尔
让我相信黎明

2017年11月8日凌晨，于武汉

夜记

好吧
我接住夜幕,接住属于我的那片
你说大就大,说小就小
我的马车行走在上面
我的篝火燃在上面

好吧
我望着你,你已离去,一直
到不见你的踪迹,我依然在原处
看灯光明灭
灵在尽头

好吧
一切,你都可以拿走
我留下,我的宇宙
在一片夜幕上
汇聚星语,照耀马匹

2017年11月9日夜,于武汉

九行韵

谁在问关山
牧羊之途,就是草,如果
没有水,十万里疆土只能还给疆土

典雅的宋代活在一首童谣里
活在气息中,那些心怀深情的词人
为江山陷落,死不瞑目

美丽的亡灵,风姿绰约的女子
在云上曼舞,不说前路
也拒绝痛哭

2017年11月11日夜,于合肥

对天地说

我是不会停止的
活着,我就为父母上香
在淡蓝色的烟雾中,我饱含泪水
我的父母先后远走
留下人间宇宙

我是不会背叛的
活着,我就热爱净水流
在黄昏安宁的岸边,我凝望天际
我的道路准备睡去
留下满天星斗

我是不会说谎的
活着,不会悖逆真
在原野水畔的家园,我敬重时间
我的少年已经成长
留下遍地苍茫

2017年11月14日,于合肥到北京高铁上

诗歌的安慰

祖祖辈辈的习俗
在一场婚宴中被烈酒点燃
没有人注意岁末的蒙古
遥远雪阵中无人的相思
盛装的新娘从大湖那边嫁到这边
没有人注意哭泣的母亲
把爱女送往前路

没有人注意时间
冷风里牛羊的叫声，还有马嘶
没有人仰望银河两岸
银光相映的孤寂
我的贡格尔草原
在一场婚宴中托举河水
我可以确认今夜
雪落山南

2017年11月14日夜，于北京

一定是这样

在一场雨后,在淡蓝色的
烟雾中,一定是这样
我的唐朝离开长安
渡过洛河,到达宋朝

你不必说时间
时间永远是一枚青果
一定是这样,一首边塞诗
怜悯焦渴的骆驼
爱情也这样,像一枚青果
挂在时间的树

我的王国没有城垣
你来就来,你去就去
我不肯求,也不挽留
一定是这样,多少年之后
我们都老了,彼此
成为隔梦相望的河流

2017年11月15日午夜,于北京

我的抚摸

被我轻轻抚摸的,是黑幕
夜色的绸缎
有肌肤的纹理
没有体温

黄昏前
穿过老都城,拥堵,拥堵
两辆相撞的的汽车停在快车道
人站在路边
他们争辩
他们争辩车子行驶的路线
无视人的过错

有一瞬间
我想起年轻的爱情,冲动
总是伴随谎言支配的诺言
肉体被点燃,灰烬落在原处
人在别处

被我轻轻抚摸的,是虚无

北方的寒夜
有贴近的肉体
拒绝亲吻

2017年11月16日夜，于北京

小雪

那些声音啊
在时间和阳光中起舞,没有细节
没有重复,只有美丽

是穿越
但不留印痕,若没有树木与山川
光也没有印痕

被人类诗歌一再表达的
被永恒拥抱的永恒,在人间
有时就是悲痛

我不会,也不敢否认
我依赖这种声音,像这个下午
神,让我确信,水一般的柔软与温存

2017年11月22日,于北京

你听，或不听

不要在自然之怀
吐出不恭的语言，不可惊扰
途经冬天的众神，其中最小的一位
刚刚入睡，她大约三岁

在另外三季也会有雪
不要口出妄言，你是微尘中的微尘
不可指天说地，不可在众神的目光下
制造血迹，你终会离去

2017 年 11 月 23 日，于北京

风·旗帜·自由

我承认,此刻窗外的风声
连着某种风暴
飓风,诗意的名称,像未嫁的少女
岸,港湾,斑驳的渔船
我承认,这就是我们的人间
我们的生活,我们的命

没有什么能超越风之永恒
祭祀不会超越痛
指尖的光明不可能超越星群
欲望不能超越死
香火无法超越金顶

我承认韵律
这不可求,有一种旗帜总让我们泪流
它叫自由

2017年11月23日,于北京

思想者

此刻醒着的,仁慈的灵魂
彼此搀扶泅渡,没有港口
栈桥已被拆除,道路荒芜
谁的身边身后都有亲人
你可以想象他们的眼睛
但无法握住他们的手

一定是发生了什么
某种恐惧比恐惧更恐惧
一定还会发生什么!预言者失踪
或沉默。在黑暗的尽头
如果还是午夜
那么声音中的色彩
会不会改变

走在严寒之路上的孩子们
都没有回头

2017 年 11 月 26 日午夜后,于北京

请原谅：还是写了

一切被粉碎的，其实完好如初
你太关注近旁了
忘了边疆

我能够亲近的
火一般的
在灰烬的飞升里敬畏死，这是奇迹

我可以复活年轻的恋情
那样的真实啊
那种无知
烈酒一样穿越肺腑
只有祈福

亲爱的
这苦，不可诉

2017年12月1日零时，于北京

夜中夜

我在饮酒,等待夜晚降临
此刻,黄昏在你的腹部停留
就一瞬,一种声音
像哀伤的花朵
你去沐浴
水光重现

暗遁
在中东,战争正在进行
年轻的女子,那个幻想一切的人
失去了爱情

你出浴
穿着丝质睡衣,你斜卧榻上
渴望酒。这个时刻
谁为你脱去睡衣
拥你吻你——将你摧毁
谁就是你的拯救

2017年12月6日,于北京

骑者、盘羊与骆驼

我不知道他们去往哪里
在时间的静谧中
在岩画中

他们的气息贯穿古老的生活
在一语祈福
照耀的天与地

我的凝视
穿透世纪泪雨
与他们如此亲近

2017年12月6日夜，于北京

众骑者

四匹马，一峰驼
两女三男的远途
不见路

阿拉善
你的往昔就如默者，众骑者
他们什么也不会说

如今
他们的身影凝固在岩石里
已经无法看清他们的神色

2017年12月6日夜，于北京

猎人、猎犬与羚羊

他站着
刀锋一样的猎犬刺向盘羊
不见血,可见光

驱使
一个神情,一种手势
一声喊叫

杀戮与死亡
在遥远的时间中
成为静美

2017年12月6日夜,于北京

牵驼者、梅花鹿与羊

这被我崇敬的景象
这温暖,一直是人类的梦幻
如今却隔着无形的栅栏

早已提示的危险
始终存在
牵驼者,预言者,追随者

在某种遗忘中
消失于巴丹吉林深处
守望蓝湖

2017年12月6日夜,于北京

舞者

那种孤寂
美,已经接近朝觐
但远离人群

她
人的女儿,在风暴中
幻化为移动的树

一万年后
她将复活,那时,巴丹吉林
在日出时分,为她祝福

2017年12月6日夜,于北京

亲人们

我会带你们去那里
诗歌与怀想的双翼仍在成长
这很真实。在我们已知的
全部苦难中,尘起尘落
这里不仅仅是人间
人在杀戮
对一切

对一切美丽的生命
包括草,净水,属于生命的土地
包括人类自己

有一条可以折叠的路途
你们看晴朗时刻的天空
橘黄色的光,血一样的光
银色的光
向上的路途就在那里
这不是迁徙
是重返圣地

一切都在哭泣
蛇类，鱼类，鸟类。一切
繁衍在这颗星球上的生命
因为人类，正在消失
最终，人类，将以巨大的
绝望与孤单
独对灾难

我会带你们去那里
在某一时刻
遥望身后的废墟

2017年12月8日晨，于北京

岁末诗

我们凝望一种终结
它不像葬礼,新婚之夜,或
雪落北方,严寒中的人们
相遇时不再问候

它以新生的名义让我们感觉死亡
但无人哭泣
这个时候,优美的语词
就如舞蹈
但没有灵魂

目光掠过一棵杨树的冠顶
看不见地平线
需要承认
你完全可以问一问自己的心灵
这很安全,你不必恐惧

甚至
你不必告诉自己的孩子
在你笑容的后面

隐藏着谎言，污浊，霾一样
挥之不去

       2017年12月11日晨，于北京

昭乌达预言

我走入一个人的雪季
百柳,草原,早已湮灭的辽国
凭窗望雪的少女
身着盛装。她,是岁末的一部分
在预言的核心
今夜,不能不说的金山岭
挡不住无限古老的哀愁
昭乌达:百柳草原
一定会有一只鹰
在你的黄昏扶摇
它在挽留什么

凭窗望雪的少女
后来成为一个伟大王族的祖母
昭乌达,你还念着她
我也念着她
在一场大雪中
她在等待什么

八百年,一千年,五千年

时间远么？不！我看见她的夜晚
一盏油灯亮了
雪夜亮了，那么干净的光啊
昭乌达，午夜过后
她成为第一百零一棵柳树
在河流之岸
成为你的预言
点燃黑暗

2017年12月14日夜，于北京

在遗忘的曲线

那高傲的
灵魂的舞蹈,寂然无声
我从光的下面走过,无须仰视
就可以笃信存在
在遗忘的曲线
曾经的美丽多么年轻!这让我
联想雨,信仰与破碎

在遗忘的曲线
苍茫大地匍匐,像一个沉睡的婴儿
也如山脉

必须垂问:我们还能记得什么
还有什么令我们感动

2017年12月14日夜,于北京

丹墀

被割裂的记忆,根一样脱离泥土
在空中飞
海洋波涌未变。一千年
一定会更久,身后与梦里斑驳的红
银币的正面
堆积废墟

石阶
当年玩耍的王子已被囚禁
他发出诅咒
他的玩伴正走在向上的台阶上
背对夕阳谈笑风生

那是无数人的记忆
空白
血一样的色彩闪着异光

2017年12月18日夜,于北京

在一条绳索的尽头

父亲
如今你在一条绳索的尽头
我看见无你的一端飘在空中
你去的一刻
绳索断开,它抽在我年轻悲苦的
心上,你已在天上

父亲
那些被你牵着的岁月,你的手
目光的绳索
从不会让我远离,我曾经活在
你含蓄的视线里
我跌倒过,摔伤过,哭过
你的绳索
故园的路
那隐隐存在的疼痛和幸福
在北方冬天银色的雪线下
进入梦

父亲

在人间，只有你是我最熟悉的语言
如今你在一条绳索的尽头
长天奥秘，你在其中
已久久不语
再无归期

2017年12月20日夜，于合肥

五岁的年代
——再念远在天国的父亲

1963年
我五岁的年代拥有父亲的庇佑
我不知道,我的父亲
他用怎样的劳作与智慧
养活了我和我的兄弟
我们没有饿死
是父亲的奇迹

突然念起北方故乡
念远在天国的父亲
那个温和的男人,我的记忆中的1963年,故园,父亲
土地与汗水
这伟大平凡的恩泽!我的五岁的
天空、河流、羊群——一切
在有些模糊的回望里
我和我的兄弟
围在父母身边

直到今夜

我才懂得天地之意：父母
一个是天
一个是地

父亲！
今夜，我仍是你的五岁的儿子
你在油灯下给我食物
在我八岁时
你转身而走
从此进入苍茫的高处
成为我只能仰望的温暖与光明

2017 年 12 月 21 日夜，于合肥

父母的山河

那盏橘黄的灯亮着
夜静着,我在江淮大地无限感念父母的山河
是这样,我的父母的山河
只有我和我的弟兄

那扇门紧闭着
外面黑着,我的南方的夜晚也有照耀
是这样,我的父母的山河
如今远离人世

那首诗到来
想象丰饶
我的意象密集,让我想到地下根系
是这样,我的孤独的思念
在苍云的上方

2017年12月22日夜,于合肥

父亲与我

我在诗歌里一层层里折叠
来自北方的信息：那是另一个年代
父亲！你在细节中
某个清晨、正午或黄昏

除了大地
一定还有什么托举着河流
我曾在你的背上，你的肩头
你如一座移动的大山举着石头
父亲！在来自北方的信息中
雁群飞过秋季

你曾经象征生活
一个安宁质朴的村落，乡路
通向四方田野，通向
三里、五里以外的村落
父亲！我一生一世亲近的乡音
在老哈河以北
在我童年的土地上
至今活着年长的古榆

我不相信你睡了五十年
父亲！如果真是这样
我眼前梦里的云阵
就不会变幻行走
你已经复活在无垠的天庭

2017年12月24日晨，于合肥

致敬（三）

我早已听到远途的声音
相对于身影，在两个人之间
彼此就是尽头。没有大地
也没有道路，只有尘埃
细微的印痕。一颗流星划破天宇
我会想到奔赴

我能看见和感觉的火焰
不是燃烧，是照耀
像某种怀念一样
是默祷

一切有序
一切都在空中悬浮，鸟是启示
回声也是启示

你应该懂得问询自己的身影
如果没有光
它在哪里匍匐

纪念碑
我只能想象最高的雪山
不是珠穆朗玛
是天雨飘在遥远的星际
是远途

           2017年12月25日圣诞之日，于合肥

图书在版编目(CIP)数据

雪落心灵/舒洁著. —上海：复旦大学出版社，2019.8
(复旦大学中文系"高山流水"文丛/陈引驰,梁永安主编)
ISBN 978-7-309-14434-5

Ⅰ.①雪… Ⅱ.①舒… Ⅲ.①诗集-中国-当代 Ⅳ.①I227

中国版本图书馆 CIP 数据核字(2019)第 157361 号

雪落心灵
舒 洁 著

出 品 人　严　峰
责任编辑　赵楚月
复旦大学出版社有限公司出版发行
上海市国权路 579 号　邮编：200433
网址：fupnet@fudanpress.com　http://www.fudanpress.com
门市零售：86-21-65642857　团体订购：86-21-65118853
外埠邮购：86-21-65109143　出版部电话：86-21-65642845
常熟市华顺印刷有限公司

开本 890×1240　1/32　印张 16.125　字数 384 千
2019 年 8 月第 1 版第 1 次印刷

ISBN 978-7-309-14434-5/I·1164
定价：78.00 元

如有印装质量问题，请向复旦大学出版社有限公司出版部调换。
版权所有　侵权必究